J. L. Castillo-Puche
El amargo sabor
de la retama

J. L. Castillo-Puche

El amargo sabor de la retama

Ediciones Destino
Colección
Áncora y Delfín
Volumen 543

© J. L. Castillo-Puche
© Ediciones Destino
Consejo de Ciento, 425. Barcelona-9
Primera edición: junio 1979
ISBN: 84-233-1002-7
Depósito Legal: B. 22075 - 1979
Impreso por Gráficas Diamante,
Zamora, 83. Barcelona-18
Impreso en España — Printed in Spain

«La madre agua, que regocija nuestros ojos, que suaviza y encalma nuestros nervios, que sólo oyéndola nos parece sentir su fresca delicia, presentaba también a don Diego rapacerías, codicias de los hombres.»

GABRIEL MIRÓ.
Nómada, V.

«La retama pasa en sombra.»

ANTONIO MACHADO.
Canciones a Guiomar, III.

Allí uno se levantaba con el tejo de la sed pegado a la garganta y lo primero que escucharía con voz de lamento o de pendencia en la cola de la fuente, junto a la ermita, sería: «No desperdiciéis el agua», y luego, en los patios, los hermanos se disputaban la pequeña palangana para lavarse la cara, y por eso pienso que la tierra en mi tierra es más tierra que en otros pueblos cercanos o remotos, y por lo mismo, al acordarme de su suelo, lo primero que me acude a la memoria son sus secas torrenteras, sequedades de árbol fosilizado con las raíces al aire, y todo ello, aun ahora mismo, me produce sed, sed aun en el recuerdo, una sed hiriente como si se me hubiera taponado un estropajo en la garganta, y ahora que acabo de regresar de aquella tierra heculana se diría que vuelvo a abrasarme en aquel ventisquero de tierra y paja, de tierra reseca y serrín de las fábricas, de tierra enjuta y ropa vieja, acaso ropa de gente ya difunta, y la última visión que traigo del pueblo es la del Cristo del Santo Sepulcro, metido en su arca funeraria, con sus hachones oscilantes sobre la cal de las casuchas del monte, mientras del cielo plomizo caían gotas como escupitajos, y el lúgubre rataplán de los tambores, cada vez más intenso, se metía en los sesos, y fue al acabar la procesión cuando decidiste salir de Hécula hacia este sedante y lluvioso Norte de mi refugio, con la lengua y el paladar hechos pasta terrosa, hostia de polvo viejo que se queda pegada al cielo reseco de la boca, cielo morado de tueras picadas en un mortero, y así he llegado aquí buscando lo húmedo y tierno de las hojas y los arroyos, hasta que las yemas de mis dedos cobraron un pulso más amoroso, menos airado, porque no vuelvo con los pies aromatizados, como esperaba, por el polvillo floreador de los matujos silvestres, sino todo lo contrario, que creo que dentro del caracol de los oídos traigo la costrilla de los huesos calcinados de mis muertos y hasta en las grietas de mis pies es seguro que traigo algo de aquellos lodos requemados de cuando era niño y jugaba en las eras que había en las afueras del pueblo, junto al camino de la pequeña estación del ferrocarril de vía estrecha, en aquel recodo de cañaverales donde comenzaban las viñas, y donde, allí mismo, el meloso, el dulce, el suave y enfermizo Tomasín, reclinado primero, tumbado después en el surco, haciendo que el sol fuera testigo principal, como dormido entre la gleba y los gusanos, te enseñó a ti, casi sin una palabra siquiera, el arte obseso y poseso de la masturbación, y primero fue la arremetida brutal, y después todo pasó como si fuera otro ser, el mismo arte hecho tormento angustioso de una agonía envenenada de poder y de pavor, y luego te enseñaría más cosas, y tú huías pero él te perseguía fiera y blandamente, y ahora al llegar de nuevo a Hécula, me enteré de que, después de la guerra, se había ido al seminario, y de que murió en seguida tísico, con aquellas hambres de la posguerra.

Durante estos días, hundido en este alto pozo de verdes revueltos y de nieblas encrespadas como corazas de la roca o como mallas protectoras del boscaje, antes de incorporarme al sopor de mi tablero, que en vez del lomo aquí hay que emplear los ojos y el pulso, como dicen que los empleaban los monjes medievales, aunque será preciso reconocer que ellos tendrían tiempo para otras cosas, pues cuando voy y cuando vuelvo, si no ha habido excursión campestre o peregrinación a los bares de la parte vieja de la ciudad, que llega uno deshilachado, cuando me meto en esta casucha con su blancor y su verde, que sólo tiene delante la infantería del maíz y más lejos los eucaliptos y los robles, y que todo hay que verlo a través de los leves cendales de la lluvia, vuelvo a hacer recuento de esta última visita a Hécula, que he vuelto a pisotear prácticamente todas sus calles, entradas y salidas del pueblo, con un pisar lento, ensimismado, crítico, con el alma en vilo, por supuesto, que no sé si iba buscando amor o castigo, caridad o crueldad, y he vuelto a recorrer aquellas piedras altivas o desmoronadas, allí donde durante la guerra no quedó títere con cabeza, y «¿por qué no te quedas? —me decían—, aquí nadie te ha hecho nada», y «¿no ves cómo todos vivimos a lo grande?», pero no compensa, es decir, prefiero este largo destierro voluntario, y que cada uno se rasque y se alivie sus penas como pueda, y andando por el pueblo de mi niñez algo como una sarna interior me picaba y me desazonaba, y comenzaban a resucitar los fantasmas de mis noches febriles, aquellos aparecidos que se descolgaban de las casas cerradas, y tío Cirilo y tío Cayetano en un acorde horrísono: «Nunca podremos dar gracias suficientes por haber nacido en esta

11

tierra pisada por los ángeles», naturalmente fueron los ángeles peregrinos, un par de campesinos extraños, los que dejaron en el convento el Santo Cristo del Entierro; y a Tomasín le había salido una mancha color malva en la cara, más bien sobre la ceja, y mi madre me decía, «no bebas ni chupes algo que él haya chupado», pero a buenas horas, y luego ciertas referencias a una enfermedad o contagio, qué sé yo, otro secreto, y para nosotros las iglesias eran el sitio ideal, con lo beato que él era, y tú picando higos, e incluso los tíos, y hasta tu madre, ella que siempre tuvo instinto para todo, pero con Tomasín al principio se engañó y sólo cuando tú diste la espantada parece que se dio cuenta, pero no dijo nada, todo el mundo ya se sabe que oculta algo, y por eso había que huirle como a serpiente de cascabel porque cada vez iba a más y estaba como enfurecido conmigo, y lo peor es que hasta tío Cayetano, como digo, me lo ponía como ejemplo, y a tío Cirilo siempre le había caído bien su aire sumiso y tierno, sus pasos silenciosos y su voz derretida, en cambio tú reías y hablabas a gritos, pero a veces nos reíamos los dos con la calavera de tío Cayetano, y caminábamos juntos por las calles largas y rectas del pueblo como dos pequeños cómplices, y la piel tierna y fresca se nos hacía pergamino de noche cuando el frío salía por los callejones como una lanza herrumbrosa, y volvíamos de los campillos de terrones compactos y árboles raquíticos, y parecíamos dos animalillos perversos, y un silbido o una voz de hombre en las sombras nos ponía a la carrera sin poder ni respirar, y no lo digo por decirlo, pero la verdad es que siempre fui un temeroso obediente, hasta que un día nos peleamos como brutos, estaba harto de aquella dominación, y le di, con gran sorpresa mía, la gran tunda, hasta dejarle un ojo morado y babeando sangre, que un día u otro tenía que ser, y así fue, y aunque parezca mentira, cuando ahora estuve en Hécula, esperaba verlo aparecer anhelante, y siempre con cara de piedad, cara de loco sexual que había de terminar hecho polvo, y recuerdo que para atarme más, siempre me traía cosas, caramelos o estampas y sellos de correo, hasta que tuve que romperle la nariz y todo se acabó, y yo pienso que nadie se dio cuenta, él soltaría cualquier mentira, porque mentía con un cinismo increíble, y ahora no hubo que preguntar ni siquiera por él, porque todos lo tenían en la boca como caso de destrucción fulminante, y al decirme eso de tisis galopante me parecía a mí escuchar una tos repentina y el volcar de toda la sangre como un cántaro que se rompe en un choque con la piedra, y seguramente estaría pálido como la paja que arrastró el viento sobre la torta de las eras, y su garganta sería como teja carcomida en la punta de una canalera inservible, sequedad de los soles que queman como una fragua y de las heladas que agrietan el barro cocido, borbotón ininterrumpido de sangre hasta dejar el pecho como un tonelillo sin vino...

En tu pueblo la vida transcurre con una lentitud exasperante y casi macabra; pasa el cabrero, acaso el mismo de entonces, y en la carretera de Trinquete, una mujer que vuelve del lavadero o del campo, allí mismo, entre cañas y zarzales, se quita delantales y pañolones de color para vestirse con el pardusco luto del pueblo, y la escueta y cansina mujer, quién sabe si madre a la que esperan sus hijos o viuda que saca adelante a la familia lavando la ropa de los vecinos o limpiando como una negra la almazara de los ricachos después de las grandes juergas, quizás esta mujer mientras avanza por los callejones va tocándose la faltriquera donde, entre las llaves y las medallas, zurren quedamente las monedas de su exigua paga; también circulan solitarios por la calle de San José dos sacerdotes, uno con sotana y el otro de paisano con ese corto baberillo gris que les han puesto ahora, y por lo que se ve, puesto que dan algunos pasos y se detienen, más que en confidencias van enredados en alguna discusión, probablemente no canónica, y en toda la calle dominan estas dos sombras, una hinchada y la otra como desvaída, y de tarde en tarde un carro, una bicicleta, algún camión, cruzan la calle mientras las dos figuras permanecen impertérritas, y cada vez se infla más la bola del cura viejo, una bola negra, inmensa, y cada vez se diría que se adelgaza más la figura del joven, y cuando pasa algún campesino se descubre quitándose la gorra, oh arcaica veneración, y también de vez en cuando pasan dos muchachas cogidas del brazo y ya no predomina tanto el luto como antes, sobre todo en las jóvenes, y también los novios que suben y bajan por los oscuros callejones van unidos de una manera que antes hu-

biera provocado, por ejemplo, que tío Cirilo reco-
giera firmas por el pueblo para expulsar al alcalde,
porque los habían visto besarse, hasta ahí podían
llegar las cosas, adónde vamos a parar, cielo santo,
y, chico, es que tú ya no conoces el pueblo, aquí
hay de todo, hasta mejor marisco seguramente que
en donde tú estás, y no digamos mujeres, y efectivamente había menos beatas con la silleta bajo el
brazo camino del novenario o del trinario, y los entierros ya no se llevaban a hombros hasta la Cruz de
Piedra, y algunos hasta el cementerio mismo; de
todos modos, allí no podía moverme, que a qué bares vas, que cuánto gastas, que me he comprado un
piso justo en el Parque, ¿y por qué no te casas?,
aquí hay zagalas estupendas y con cuartos, no sé
qué haces tú por esas tierras donde la gente no quiere más que a los suyos, y del Casino a la Unión Heculana, de la «Cafetería Florida», a «La Zaranda», y
viva la revolución, sí, y viva el campo, y viva el
desvirgo total, pues lo que antes era tan sólo alguna loca de fuera del pueblo que se hacía pura jalea
tan pronto sonaban las palmas del primer jorco,
ahora es el despiporre general, sobre todo en las dis-
cotecas, y no cesaban de hablarme de lo que es la
piscina en verano, con sus sembrados y arbolillos alrededor de las tapias, donde las muchachas al menor ruido se acuestan quietecitas boca arriba como
las perdices cuando se sienten perseguidas, que además, si es de día, agarran mazos de pastos o de hier-
bas y se los ponen como unas santas encima del sexo,
mientras el cabrón de turno se descuerna por los
barrancales, pero dicen las mayorcitas que eso era

al principio, porque ahora ya son los coches, que todos a lo mejor salen a lo mismo, qué ventolera les ha entrado en la entrepierna a las hijas de mi pueblo, y luego dicen que Hécula es un pueblo beato y levítico cuando es un pueblo tan libertario, envidia que tienen los pueblos vecinos, pero eso no tiene nada que ver con que luego cuatro bestias de encargo o bestias por su propia cuenta, en la Semana Santa se aten largas cadenas en los tobillos y las vayan arrastrando por las calles torcidas y pedregosas, con su tétrico ruido y los alaridos que brotan del público al ver cómo se disciplinan con pinchos que hacen saltar la sangre, y también salen, no faltaba más, algunas encapuchadas, que se atan unos cinturones de esparto en la cintura, y más arriba, y más abajo, y parece que vayan bailando, y para eso vino este año un predicador efectivamente de campanillas, que le sacaba a la gente el resuello del cuerpo, diciendo que había que hacer penitencia o arder como la carrasca de los pinos, así mismo, a estas alturas del siglo, que eso no es fe ni es nada, a todas horas manoseando santos, y luego manoseando culos y luego, sin lavarse las manos siquiera, a jugar al sempiterno dominó o a la baraja sempiterna, pero tú resististe poco el cepo de los cafetines y los bares desconchados con paisajes de almanaque en las paredes, y más bien te ibas andando solo a las afueras, buscando algo de tu pasado, y desde luego mejor se estaba por el canalillo donde corre un brazo de agua entre frutales y en cuyo fondo brilla la lata de los botes de conserva entre diminutos pececillos negros, y por donde también la lagartija te mira y te mira hasta que te agachas a coger una piedra, y el cielo cárdeno por arriba, un cielo como la carne maltratada de las putas de puerto, y los árboles, algunos centenarios, que me vieron, es un decir, de pequeño, pero que yo sí que los reconozco, alguno de ellos partido por una tormenta; y a veces también me ha gustado andar a campo traviesa, hundiendo los pies en la torta sin hacer de la campiña, y saltaban los pájaros de entre las matas, acaso de sus nidos, qué paciencia y qué ojo tenía yo para descubrirlos cuando siendo pequeño me escapaba con algún amigo, y Manolo a lo mejor los tenía a los pies y no los veía, pero ahora hasta el campo estaba lleno de diminutos Seat con parejitas, y luego, quién sabe, un poco de gárgaras y a comulgar, que en Hécula tienen la religión metida en el tuétano, y aquí también hay algo de esto pero de otra manera, aquí en estas húmedas roquedades, en este horno rojo de la fragua cercana, las cosas se ven de distinta manera, será acaso porque el agua es un chorro continuo y no hay que hacer procesiones para que llueva, y el mineral está al alcance de la mano y el hierro es distinto de la madera, traída de lejos como sucede allá, y la gente entre piedras de montes revestidos de verde cuando canta se oye, y aquí no se confunde el luto con el desposorio, la paloma con el murciélago ni el ciprés con el ahorcado, que aquí la gente tendrá su rabia pero es una rabia profunda, porque quieren ser libres y de hecho lo son, al menos por dentro...

17

Hace hoy dos meses que llegué de mis vacaciones en Hécula, no todas sino unos cuantos días, que menos mal que pasé unos días también en Alicante, y mentiría si no dijera que al alejarme del pueblo, ya metido en el coche de línea, en esa recta que va hacia Turena, ajeno al bullicio hosco del coche, donde seguía la gresca por un asiento, el de al lado del chófer, yo, hasta el último instante en que el pueblo se esfumó tras el altozano de las viñas, seguí mirando el pinar y la ermita que coronan el monte que llaman del Castillo, aunque las piedras del famoso castillo debieron de servir para levantar el convento y los frailes madrugaron mucho, porque se fueron antes de la guerra, más bien tan pronto vino la República, que ya es estar sobreaviso; adiós, adiós, decía yo mentalmente viendo aquella sombra de pinos encima del pueblo, algo así como un lunar en el pecho de una hembra de tronío, aunque el lunar más bien estaba a la otra parte, en la llanura solitaria, y era aquel cementerio igualitario y proporcionado de Hécula, un cementerio para un comunismo piadoso, tapias gemelas y pinos hermanos en el gran cuadrilátero, y un caminillo recto y seguro que no podía fallar y no fallaba nunca, qué grandes se habían hecho los pinos en fila desde la salida del pueblo, y la masa del pueblo con su torre de media naranja azul y blanca, y las otras torres grises de ceniza amontonada, y los escolapios, y la fábrica de alcohol, y la fábrica de vinos, y el coche de línea se iba metiendo en el término de Turena como un torazo viejo y asmático, y yo me preguntaba una vez más por qué habría venido, y había hecho bien en volver, porque así ya tendría a qué atenerme en lo que me quedaba de vida, y ya bajo el sol abrasador y las blancuzcas colinas, el pueblo y el castillo habían dejado de existir en aquella extraña y alucinante atracción y repulsión combinadas que ofrecía desde lejos, y tú escupías por la ventanilla, no era fácil evitarlo, y allá ellos que se estaban cargando los pocos huertos que quedaban y estaban levantando más fábricas de muebles y hasta de palillos de dientes, y los muros lisos de cemento y ladrillo tapaban ya las antiguas fachadas y el pueblo se iba a convertir en un gran muro, perdido el hilo de las laberínticas callejuelas, y yo cada día estoy más convencido de que hice muy bien en tirar hacia el norte, no estoy arrepentido, lo peor fue al principio, que hasta por el habla te rehuían o se alejaban, «¿de dónde eres?», «de Hécula», «¿y dónde cae eso?», que para ellos no existe más que de Burgos para arriba, y esto según, pero cuando te conocen y saben que pueden confiar en ti, ya es otra cosa, al principio se ponían a cuchichear aparte, como si uno fuera un bicho raro, y se gastaban sus bromas en la lengua endemoniada esa que tienen, pero yo llegué aquí como si me hubieran puesto boca abajo y hubiera echado, vamos, vomitado, toda mi niñez hasta mi juventud, todos aquellos años inconfesos, indecisos, y que habrían de terminar bruscamente, como se corta un bello sueño, con la muerte de tu madre, y todo se removió con la estancia de estos días en Hécula, y aún no he dicho que cuando llegué a Turena en aquel coche de línea, que olía a cuero de patio, a plumas de gallinero, a cerdas de gorrinera y a retrete antiguo, al llegar a Turena sentí primero un vértigo extraño, y estuve queriendo agarrarme a algo, hasta que caí a tierra completamente desvanecido, cosa que no es la primera vez que me sucede, y creo que cuando era niño era mucho más frecuente, que empieza como una sacudida relampagueante en la cabeza y un fulgor extraño que lo ilumina todo, a veces coincide con una especie de explosión que me envuelve en una claridad cegadora, y poco a poco fui volviendo al latido de la vida, y por la luz, por el viento, por la piedra, por la cal, aunque eran lo mismo que en Hécula, casi lo mismo, comprendí que era Turena, que tenía su ringorrango, como decía tu madre, casas de piedra, gente que presumía mucho y sobre todo porque en Turena, con su huerta y sus frutales, abundaban los puestos de frutas y hortalizas en las puertas de algunas casas, y allí no se veía tanto la blusa de los aparceros ni la gorra de los campesinos, acaso las comunicaciones, su estación de tren, su cruce de carreteras le daban cierto aire como de pequeña capital, bueno, esto es exagerar un poco, lo que sí es cierto es que Turena resulta más moderna que Hécula, aunque ahora, en este último viaje, he notado que mis vecinos están echando la casa por la ventana, el caso es que en Turena se veía moverse mucho a la gente, entrar y salir de los bancos y de los comercios, el pueblo estaba limpio y enlucido, debía de haber más dinero que en Hécula, o a lo mejor es que en Hécula seguían guardándolo debajo de un ladrillo, pero aunque el sol era tan fuerte como en mi pueblo, corría desmandado aquel ventarrón hosco y enloquecedor que te amorataba el rostro a base de clavarte en la piel pequeñísimas chinas que dolían como alfilerazos, y aunque ahora estuvieran enseñando billetes gordos y tomando güisquis como si fuera agua de limón, probablemente los billetes seguirían siendo del más tramposo o del más roñoso, y todavía quedaban señoritos hijos de señoritos, bien distinto, yo me doy cuenta de lo que ocurre aquí, que el que tiene el dinero también manda, pero el hijo de algún modo tiene que ganárselo y los hijos de los más ricos, de vez en cuando, aún en el taller y en el laboratorio, tienen bromas con nosotros, es decir, cada uno dice lo que piensa y en el trabajo a veces son uno más, ·pero ahora ya es distinto, aunque cada uno sea dueño de su libertad y de su piso, y ni se me ha ocurrido nunca espiar sus pensamientos e ideas, ya que hablan de política muy en secreto, de lo suyo lógicamente, pero a mí me dejan mi vida independiente y no se preocupan de lo que hago, si preguntan y callo, bien, y si preguntan y hablo, mejor, y cuando van de excursión me llevan, y si cantan, canto, y si no sé lo que cantan, fumo y bebo, pero ya toda la vecindad me conoce y ahora cuando pasan en el cochecito, si no voy en mi bicicleta, me recogen, sobre todo si está lloviendo, que es casi siempre, y a dar un concierto de silbidos en la tasca de turno y a cantar, dejando a los solistas que se luzcan, que es lo suyo, y cuando vienen dos días de fiesta nos vamos por la Rioja como una tribu poderosa, y que todo suele caer bien cuando lo pasamos bien, sin meternos con nadie y que nadie se meta tampoco con nosotros, que aparte bromas a mí me gusta esta manera de ser, muy unidos pero cada uno con su filosofía y su libertad y pocas veces surgen ásperas discusiones, a pesar del escollo de la política, que estos tíos están aburridos y cansados de todo el país, de todo lo que no sea su tierra; probablemente es verdad que los han maltratado y jodido durante mucho tiempo, pero aquí no a los rojos sino a los católicos, empezando por los curas, y de todo esto, por lo menos en Hécula, nadie sabe nada, pero todo esto todavía da miedo escribirlo y yo lo escribo como lo escribo, y desde luego el centro de este país tiene algo de mentalidad machista, y estos de aquí, que son machistas a su modo, están irritados contra el resto de la Península, y quizás tienen razón en esto también, y habrá que mandar a la mierda a la tierra de origen, aunque sea toda la Mancha, aunque sea la tierra de Don Quijote, unida a Castilla, la tierra del Cid, un sueño y una realidad que deberían avergonzarnos seguramente, que aquí también hubo muchas muertes durante la guerra, y por la espalda, y en nombre de Dios a sus propios ministros, qué engañados hemos estado, hablan en Hécula de que hubo alguno que se suicidó en la cárcel una hora antes de que lo mataran, y tú mismo has conocido por medio de tío Cirilo a aquel padre redentorista que iba contando los ejecutados que había asistido y llevaba una lista de los que se habían arrepentido y confesado, unos pocos, frente a los que habían muerto sin quererlo escuchar siquiera, unos ciertamente salvados y otros evidentemente condenados, y pasaban de miles, y él se sabía muchos recursos para hacerlos morir resignados, sin patalear y sin escupir, y él estaba seguro de haberlos llevado justamente hasta la tapia del fusilamiento y desde allí, después de la absolución y la descarga, derechitos al cielo, una felicidad de destino, a fin de cuentas una gran suerte, cuando habían podido arrepentirse a tiempo, y el padre Rosendo lo decía conmovido y emocionado, llamando «pobrecitos engañados» a los condenados a muerte, cuando no les llamaba «ciegos por el odio y sordos por la ira, sin perdón posible», como si él fuera el distribuidor del destino eterno según la conducta que adoptaran al ir a confesarlos, qué ignominias se hacen en nombre de Dios y de la caridad, qué tormento para la fe y la esperanza son a veces estos intermediarios de la tiranía, yo lo estoy viendo en esta tierra, donde todavía permanecen el castigo, la persecución, la eliminación más brutal y bárbara, y naturalmente siempre con el nombre del santísimo Dios por delante, por Dios y por España, y así es cómo se hace el imperio, por el imperio a la mierda...

Recuerda que en Hécula transcurrieron y quedaron hechos ceniza tus primeros tiernos años, que tenías el colodrillo entonces más blando que un melón de agosto en el serón del carro, tú que dijiste, y sobre todo dijeron, que habías visto a la Virgen y de poco te llevan hasta el obispo, y quién sabe si a Roma, de continuar aquellas inefables y amedrentadoras visiones y apariciones, y que no duraron una semana, ni dos, que aquello me pareció intermi-

23

nable, aquellas fiebres o lo que fueran, y tío Cirilo siempre pegado a la cama, con su frasquito de agua de Lourdes, y «pobrecico zagal, pobrecico», repetía Rosa al cambiarme la ropa o al llevarme el orinal, aquellos días yo no sé si duraban días o años, casi eran un sueño continuo, diluido, suave, hasta que llegaba la espantosa forma aquella, que era como la gota lenta que se desborda transparente del tarro de la miel, y que viene a caer irremisiblemente en un pocito de heces, ¿qué es lo que sucedió en realidad?, que todavía ahora mismo no lo sé, lo único cierto es que tu madre, sacando un valor inaudito de sus flaquezas, arramblando con todo lo que pudo y le dejaron, bien poco por cierto, pero llevándome de la mano como si fuera un niño inválido me llevó desde el campo al mar, cortando por una vez las furiosas amarras que la tenían atada a los tíos Cayetano y Cirilo, aquellos cariñosos sustitutos paternales, que no conociste apenas a tu padre, y apenas recuerdas haberlo visto enfermo, con la barba muy negra y muy larga, cuando te dio un pajarito en la mano y luego tendido entre cuatro hachones, hasta que trajeron la caja, y verlo salir hacia el cementerio, con el sol dándote en los ojos, y entre las lágrimas acaso viste o quisiste ver un parque florido y desde un banco, con voz confidencial y mirando al cielo, él te decía «ven, Pepico, ven...», y aquellas dos esfinges furiosas, tío Cayetano y tío Cirilo, con sus rostros irritantes y cómicos a la vez, convulsivos o comediantes, como las efigies que hay en las altas cornisas de la Iglesia Vieja, lloraban y reían, y a mí me daban rabia y pena, y acaso yo sentía tanta piedad por ellos como por mí, y acaso también porque me llamaban «Pepico» de aquella manera y porque me ponían de rodillas, y me encerraban solo, y me llevaban al confesonario, hasta que mi madre ponía el grito en el cielo, y ellos también eran sentimentales y a veces también lloraban, pero la que más sufría era tu madre, tu madre, que a lo mejor era reñida por decir que «antes es la obligación que la devoción», o «en santo que mea no creas». Y poco a poco me fui recuperando en Turena, como quien sale de un túnel, y lo primero que sentí sobre el rostro fue un eructo de vinazo y chorizo y una voz que aclaraba: «seguro que se pasó de rosca», y «¿qué es eso?», «pues eso, que se pasó de rosca, siempre todos alguna vez nos pasamos de rosca», y venga con el «se ha pasado de rosca», y el que se había pasado de rosca era él, y yo al principio creí que se podía referir a que había pimplado más de la cuenta, pero no era eso y lo pude ver con mis ojos porque hizo un gesto obsceno, y yo, sin saber bien lo que me había pasado, lo que de veras necesitaba era comer, tenía hambre y cualquier cosa que me imaginaba, un huevo duro, un trozo de bacalao, un pedazo de queso o aunque fuera queso frito del día anterior, me causaba una gran ansiedad, y estaba claro que yo no era un jornalero que venía a contratarse ni un preso liberado del campo de Albitaña, y también se pararon frente a mí dos tipos que habían descendido de unas motos deportivas, y uno de ellos dijo «y a mí que se me hace familiar esta cara», y para qué decirle que mentira, mentira y mentira, y enfrente había un edificio derribado, donde seguramente pensaban hacer apartamentos con terrazas enjardinadas, y los obreros gritaban «dejadlo solo», y eran justos, porque lo mejor era que me dejaran solo, y si me moría sentado en aquel portal, daba lo mismo, que las nuevas casas tenían mucho de nichos de cementerio, nichos, un poco grandes, pero con el mismo engaño del ladrillo y el luto de las barandas, y a pesar de aquel sol tan fuerte allí podían vivir resguardados en la sombra los pájaros más cantores; corría el dinero por Turena, porque era evidente que estábamos en Turena, con su rampante castillo y sus gentes que iban a la huerta con la hoz sujeta en la bicicleta, y hay que ver lo mucho que pueden unos kilómetros, porque aquí se había acabado la tierra del *púe*, que era Hécula, y los turezanos repetían socarronamente, *púe, púe,* y cuanto antes saliera de estas tierras, mejor, así que me levanté como quien levanta un fardo ajeno, eché a andar y se disolvió el corrillo, incluido el tío pesado del «se pasó de rosca», tiempo que tienen para acompañar al prójimo en sus desmayos estos turezanos, y es que, repito, Hécula me había formado una pelota de vacío entre pecho y espalda y la pelota se había volatilizado, porque era puro aire, y con la música que tienen los de Turena en el hablar creo que se me pasó todo, porque comenzaron a decir con cierto acento de decepción: «y a lo mejor nos ha tomado el pelo», «estos del *extranjero*», porque en estos pueblos llaman a Hécula *«el extranjero»,* y a mí me daba un poco de rabia y otro poco de risa todo aquello, y aquí yo me encojo un poco de hombros cuando me llaman andaluz, extremeño e incluso murciano, y allá Carlos III y hasta Carlos V, que ya es decir, aunque no sean de la misma cuerda, y es que un servidor tuvo al menos la suerte de no estar por esas tierras de abajo durante la guerra civil, porque lo mismo pudieron cepillarme unos que otros, que allí se dieron el gran festín, sangre y agua bendita a partes iguales, montones de plomo y de calaveras, variadas tapias de ejecución y vestimentas de insospechados carnavales, muertes a lo conejo y pleamar de brazos en alto, puños cerrados bajo la tierra y campanas repicando a *Te Deum,* y en Turena, aunque casi tienen la misma siembra y casi el mismo rastrojo, no sé si por no tener el mismo vino, no se cometieron tantas barbaridades, y las barbaridades se amasan con mucho tiempo como las galerías que intentan o sueñan hacer los presos en las cárceles, como las salidas de las minas que los mineros se imaginan claras y risueñas mientras están picando en la pura tenebrosidad, y para qué enredarme con la guerra, tú estabas hablando de aquel soponcio absurdo que te dio en el portal de un banco de Turena, y cuando te levantaste y te sentiste solo, caminaste por el pueblo y recuerda que, sin saber por qué, entraste en aquella iglesia de piedra morena, creo que se llamaba de Santiago, o también es posible que Santiago se llame la de Pinilla, o en los dos sitios, y sin saber tampoco por qué, bajo la hermosa bóveda, es posible que gótica, te arrodillaste en un banco y quisiste rezar el padrenuestro pero, lo que son las cosas, algo se te olvidaba o te pasabas al credo, un lío grande, proba-

27

blemente también la falta de costumbre, y te reíste, y al reírte te sentiste consolado de algún modo, y entonces, sin más, saliste camino de la estación y recuerda que te gustaba andar por aquel pueblo como un extraño, y al llegar a la estación lo primero que viste fue la vía estrecha que conducía a tu pueblo y allí, en grande, un anuncio de muebles tal o muebles cual, que en mi pueblo se hacían muebles de verdad, tenemos un gran crédito en la artesanía de la madera y en mi familia había habido verdaderos artífices, qué tontería, auténticos artistas de la gubia que habían hecho preciosos retablos afiligranados, pero todo se había quemado, y ahora me pregunto por qué tú habías tenido que meterte en aquella iglesia para rezar, seguramente el miedo al desmayo, por si se repetía, hay cosas que se hacen sin saber por qué, pero se hacen, y se hacen por algo, y es que Hécula infunde un terror religioso que se pega a los sueños, aún en las conciencias más fuertes, nada digamos en la mente atónita de los niños, o cuando se rompía el precinto del sexo en las doncellas de Hécula, ¿serán vírgenes las hijas de las antiguas vecinas que te habían parado en las esquinas?, y qué importa la tela de araña de la virginidad, un poco de sangre como una hebra sudada de las ya parturientas, casi igual, y en la vía del tren se formaba ahora una nube de polvo que subía en cucurucho hacia arriba, alguna bruja estaba bailando delante de mí y acaso se estaba riendo, y si he escrito lo que he escrito es porque tengo que contar cómo fue aquello de la milagrosa Santi, Santi, ¿qué más?, pues Santi a secas, no sé por qué se llamaba Santi ni qué santo era este Santi, pero de santa, nada, aunque es posible que para ella fuera tanta la sorpresa como para mí, y aquello fue el principio de otra vida, que ya estaba bien de meneársela, vaya descubrimiento que te hizo Tomasín, con su cara de lirio desmayado, frenesí despenador de un sexo ablandado como un badajo roto de tanto repicar, Tomasín, secreto de una hombría que el uso desbocado haría morir como un cántaro que se seca y se rompe, y en aquellas circunstancias uno tenía que vivir de huirle, aunque era difícil, y a veces nos encontrábamos en secreto como pequeños dioses, pequeños y desnudos dioses perdidos en un jardín de pámpanos y ceniza, el puerto seco incendiado de nuestra propia soledad; a Tomasín no le dejaban en su casa ni cazar una mariposa y una rabia de arco que chirría, de honda que silba, se iba amoratando en la pulpa de mis dedos y por eso, un día, harto ya como un molino que se desgaja o el centinela de sí mismo que se vuelve loco, de repente, desesperado por sobrevivir la niñez imposible o por entrar como un buey uncido en la desparramada ternura de la tierra, me lancé sobre él al verlo llegar, y con todo el encono de una amistad herida en su raíz, como una flecha, mis puños se clavaron en su rostro de candor fingido y hasta que no vi su sangre —el repetirlo me cura—, no sentí satisfecha la revancha escondida de mi ciega obediencia, y fue entonces cuando también de repente recobré la taciturna y soberana altivez de mi cuerpo, la comprobada realidad de que era dueño y libre de mi propia soledad, y fue como un crepúsculo sangriento por donde el sol muere cuando Tomasín se fue llorando, con chispas de odio o de envidia en los ojos, y lo peor es que ahora pienso si no habría sido mi brutal desasimiento lo que acabó llevándolo a la enfermedad terrible y finalmente al cuadrilátero de ladrillo, ese cuadrilátero siempre protegido por la capucha enhiesta de los cipreses, o si no habría sido mi aborrecimiento y maldición, que caía también sobre mí mismo, y con idéntico odio; pero yo quería salvarme de alguna manera, y había que callar, callar siempre, callarlo todo, y el secreto, sobre todo el secreto, era un peso negro e insufrible por más tiempo, y había que esconderse, si era menester, esconderse siempre, y otras veces, con todo el peso encima, había que salir a la calle a la hora de las pedradas entre las bandas, y había que elegir una para que no te llamaran miedica, y tú, muerto de miedo, miedo a todo, pero más miedo que a las pedradas o a los sopapos, miedo al secreto, miedo a las noches, a la soledad, a la oscuridad, y por lo pronto había que ponerse alerta, sobre todo con tío Cirilo que todo lo olisqueaba, y entonces recuerdo que el mejor refugio eran los libros, libros como el de «Las Siete Maravillas del Mundo», oh dormidera, los grandes monumentos de la humanidad, qué cantidad de piedras y qué paciencia para colocarlas en tal orden, y cómo habían podido hacerlo, pero lo habían hecho y todavía estaban de pie después de no se sabe cuántos cientos y miles de años, y qué locura haber esculpido aquellas caras derretidas de risa y espanto en las altas losas de piedra de la Iglesia Vieja, y no había más remedio que mirar para arriba porque todos miraban, y seguro que por la noche las recordarían entre las sábanas, con horror unas y con cierto regusto otras, y unos rezarían y los otros seguramente se harían una paja, y el Tomasín se pasaría de rosca y luego ya se ve que terminó como un barquillo flotando en un charco, y tú seguías con las láminas de las Pirámides, El Escorial o la Plaza San Pedro; y fue entonces cuando llegó tío Cayetano, acompañado del Marqués, se hablaba mucho en casa de aquel Marqués, que era dueño de los montes principales del pueblo, pero casi nunca yo lo había visto de cerca, y el Marqués traía un libro en la mano que dijo que era delicioso, y estaba encuadernado en rojo con los cantos y las letras en oro y cuando el Marqués decía «Año Cristiano» parecía como si regustase una pequeña y dulce fruta silvestre, y sus hombros eran encorvados pero con cierta apostura, y se veía que era rico por su reloj, su boquilla de fumar y los zapatos, pero sobre todo por sus maneras, y resulta que iba a cenar en casa, lo cual puso a mi madre muy contenta pero también muy nerviosa, y él, paseando con mucha elegancia, «pero, Clara, por favor, una cosita cualquiera de lo que guardes por ahí, que yo de noche apenas tomo un huevo pasado por agua», pero tío Cayetano en seguida soltó la pasta y se puso exquisito y suave, daba gusto escucharlo, y cuando viniera tío Cirilo, tan pronto se enterara, si no estaba en algún novenario o traslado de la Virgen de los Auroros, se pondría muy contento y hueco, y mi madre se echó su chal negro encima y salió a la tienda ella misma, dejando a Rosa una serie de encargos de responsabilidad, sacar la vajilla nueva con cuidado y los manteles, y en seguida Rosa me hizo acudir a mí a la cocina y en voz baja, como si fuera un secreto, me dijo que tenía que ir a casa de tía Juana por una botella del vino que ella guardaba, un vino para las grandes ocasiones, que era mejor que el vino de misa y la tía Juana tenía un tonelillo milagroso entre telarañas, allá en la cueva fresca de su bodega, y yo ya había ido allí otras veces con el plomo derretido del mediodía, y tía Juana era una maravilla porque me dejaba tocarlo todo, nosotros teníamos una bodega más grande pero sin cosecha y más vacía que la libreta de la Caja de Ahorros, decía mi madre como queriendo significar los tiempos que habían pasado, los años de pisar la uva y guardar el rico mosto, y ya tampoco se vendimiaba, porque aquella viña la había vendido nuestra madre hacía cinco años por lo menos, pero había un remedio de fábula en aquel semisótano oscuro de tía Juana, porque ella no vendía vino a cualquiera sino sólo a nosotros, porque tío Cayetano era su confesor y sabía que sólo acudía a ella en alguna solemnidad, como la venida del Marqués ahora, otro día la visita de la Baronesa, y aunque ella era algo refunfuñona a ti te trataba siempre muy bien, y la tía Juana misma bajaba contigo, «hijo mío, no sé cómo puedo con este reuma», pero tía Juana no estaba sola, la acompañaban por temporadas sus nietas, cada mes una, o la Santi o la Nati, pero la Nati casi siempre estaba mala, mi madre decía que era demasiado pequeña para servir, y tan pronto tuve el duro cogí el botellón, «lleva cuidado, lo vas a romper, vas andando de cualquier manera», runrunearía tío

Cayetano, y al llegar a tía Juana seguiría el runruneo, y efectivamente tía Juana llevaba moño cosido de horquillas y las dos verrugas del rostro cubiertas de polvo, y quiso levantarse de la mecedora, «ay Dios mío, una ya no está para nada, Santi, Santiiii...» y Santi vino desde el corral secándose las manos, y tan pronto vio el verdoso botellón supo a qué atenerse y sólo dijo: «pues a mí me dan miedo los ratones y las ratas», y la buena de la tía Juana, añadió: «pues Pepico te tendrá la palmatoria», «¿y por qué no ha venido antes?», «Santi, tú a servirle el vino con cuidado, que es que tienen invitado», y Santi me miró con fastidio y con guasa, dándose importancia y considerándome como un falderillo que tenía que tenerle la palmatoria mientras ella abría el grifo del tonel y canturreaba, acostumbrada a eso, y fuimos al patio para entrar en aquella suculenta madriguera, pues allí en lo más escondido de la bodeguilla tenía tía Juana sus longanizas y el jamón, también los membrillos, los melones, las ristras de ajos y pimenticos fullíos y al fondo, en el suelo, siempre había panochas, cebollas, patatas, todo lo que traían semanalmente sus mandaderos del campo, y es que tía Juana tenía más que un pasar que le había dejado su Lorenzo, y a veces mi madre solía decir: «ésa tiene en la bodega escondidos hasta doblones», y yo iba bajando con mucho cuidado las escaleras, que estaban carcomidas y porque la luz de la palmatoria hacía sombras por todas partes, «¿es que tienes miedo?», me dijo ella, y sin querer volví la luz palpitante hacia ella y vi que se le había prendido una telaraña en el pelo, y le dije:

«mira lo que llevas», y se la quité del pelo y ella entonces se puso un poco colorada y me miró de una manera muy rara, más rara que nunca, quizás creía que me había reído por lo de la telaraña pero entonces me di cuenta de esos pelillos revueltos y hasta rizados que tenía por la nuca y sobre todo de su modo de respirar un poco ahogado y que se movía como sonámbula, o acaso era porque las tinieblas nos envolvían y por la rejilla del ventanuco sólo entraba una luz rota y exangüe, y a mí me estaba entrando una extraña debilidad en las piernas y un temblor desconocido en las manos y a ella se le formaba una orla de gotitas de sudor en la frente y en el tenue vello del bigote, y es que no me miraba como antes y yo le extendí el botellón hacia el pitorro y ella miró alrededor y encontró una taza de barro moreno y la puso debajo y brotó el oloroso vino viejo con una hermosa espumilla y ella bebió un poco y me puso la taza en los labios, y tú también bebiste, y tal como yo tenía el botellón y ella se había puesto en cuclillas, mi brazo rozaba al principio su brazo y luego, porque ella lo quiso, también su seno, que ofrecía una resistencia insólita para mí, porque ella presionó y entonces comprendí lo que ya tenía que haber sabido y es que Santi era por lo menos cuatro años mayor que yo, y la dejé hacer mientras por la espita seguía saliendo el vinillo milagroso, que servía para el banquete eucarístico en los días más celebrados del año, y ella entonces cambió de postura porque había logrado que el vino cayera muy despacio, y ahora fueron mis ojos los que sufrieron el choque porque lo que veía era el muslo ambarino de Santi hasta el corte mismo de una liga prieta y ancha, de brillantes colores y su carne resplandecía de venillas azules y tenía un brillo como de alabastro, y sentí como si un sol invisible estuviera encendiendo una hoguera en mi cuerpo y me desconocía en aquella calentura, golpetazos en las sienes y un bullir de la sangre que me trastornaba todo, y la atracción era tan fuerte que me acerqué a ella como para ayudarla, y ella me apretó hacia su cuerpo en plena ofrenda y así fue como llegué a poner, no sé bien si la puse yo o me la puso ella, la mano sobre tal sitio, y también se descorrió la falda del otro muslo y cerró la espita y apagó la vela, y seguro que yo estaba tan rojo como un tomate, pero la cara de ella también despedía un fuego hermoso y le temblaba la voz cuando me decía: «tienes frío, chiquillo» y yo me estaba quieto hasta que ella descubrió mi virilidad y con gran prisa tiró de mí y me levantó casi del suelo y estaba en el aire pero metiéndome en sus muslos, qué salvaje era la callada Santi, qué linda era la salvaje Santi, y un alacrán me había mordido en el cuerpo que ardía y no era veneno lo que paladeaban mis labios que ella había mordido sino un gusto áspero pero dulce a la vez en lo más recóndito y conforme mi inocencia se diluía entre torpes esfuerzos como cae la miel sobre un trozo de pan del campo, mis manos no se estaban quietas, y tampoco las de ella, y aunque estaba avergonzado, la oscuridad me daba valor, y cuando ya había quedado tronchado como árbol al borde del río ella seguía diciendo: «¿qué haces, Pepico?» y yo estaba mareado, y ella dijo que era el

35

vinillo y del bolsillo de su delantal sacó los mixtos y la delicada llama me hizo ver su lengua y de nuevo sus muslos inmensos y duros, y ella me dijo muy seria: «a ver si tienes quieta la botella y no se te cae», qué sudor y qué desfallecimiento, y qué olor se me había quedado de Santi en la garganta, en las manos, y mirando para afuera vi una sombra y me quedé estupefacto, creí que era tía Juana, mejor morirse, pero era el gato negro aquel, que seguro que nos había visto y puso ojos de poder contarlo todo, si quería, y tía Juana ya estaba también diciendo algo, lo que faltaba, oh, los ojos y las manos de tío Cirilo y tío Cayetano juntos cayendo sobre mí, y el llanto de mi madre, y ciertamente iba manchado no sólo por fuera sino por dentro, y quién sabe si tía Juana no había visto algo y se había vuelto a la mecedora haciéndose la postrada, que al subir nosotros del sotanillo nos había dicho con su voz quejumbrosa: «habréis dejado cerrado abajo, para que no entre el gato», y a mí me devolvieron del duro y salí asombrado de la capacidad de disimulo de Santi, que hasta entonces siempre me había mirado como a un crío y ahora de repente había adivinado lo que yo veía medio soñando sobre las losetas del baño, en las rendijas de mi contraventana en la siesta, en las paredes enroscadas de mi duermevela en las noches de vientos ululantes, y como en casa estaban tan ocupados con el Marqués, el Marqués en la sala de tío Cayetano hablaba de su viaje a Jerusalén, de Belén y el Calvario, pues yo pasé desapercibido y tenía ganas de acostarme, pero había que rezar el rosario y a mí no me salía la voz mientras el corazón se me salía por la boca como a los jilgueros cantores, y la Santi no sólo se había arrimado a mí como el arrope sino que me había dejado su olor pegado al cuerpo y a las ropas, y sólo pensar que ella había tocado con su mano como dormida mis pueriles atributos, «Santi, ¿qué haces?, ¿qué haces, Santi?», yo temblaba al recordarlo como las hojas de la higuera y cómo iba a contar aquello al confesor, a cuál de los confesores del pueblo, y ella a lo mejor también estaría rezando el rosario con tía Juana, y ¿qué haría si me mandaban otro día por vino?, si pudiera entrar allí cuando la vieja Juana, arrastrando su reuma, estuviera en la ermita de San Cayetano, entonces no me iba a decir como riéndose: «¿qué haces, Pepico?», que me iba a tirar sobre ella, en las escalerillas, en el suelo, entre los troncos, y le iba a tapar la boca, pero en el torbellino de mis pensamientos siempre Santi me daba un poco de miedo, y más bien empecé a pensar que no volvería nunca más a la bodega de tía Juana, o le propondría a mi madre que, en vez del botellón llenáramos una garrafita, para ir menos veces, pero no paró ahí la cosa, que ya el vino iba a estar unido para siempre a la ruptura de la vasija de mi candor, que comenzaba precisamente a torcerse cuando se metió por medio la Santi.

Me había quedado sentado en el banco de la estación de Turena mientras iban y venían las gentes del estraperlo, los residuos de una necesidad hecha costumbre, el hábito de llevar cosas de un lado para otro y comprar y vender aunque fueran boniatos, una memoria acuciante de las hambres pasadas, el recelo acechante ante posibles escaseces, y por la carretera pasaban aquellos camiones que con el gasógeno iban manchando la cal del paisaje y tiznando las perdices locas y los conejos sueltos que pudieran saltar de los caminillos, y todavía había muchas camisas azules y pistolas que no sacaban billete para viajar, mientras los otros se pudrían en los campos de concentración y en las cárceles, y ya se habían reparado o estaban entre andamios algunas iglesias incendiadas, y los conventos se hacían de nuevo o se reparaban porque habían servido de cuarteles o de cárceles, algunos seguían siendo cárceles, y había mucho fuego oculto y mucho viento torcido en los ojos y en el silencio de aquellos campesinos que se echaban en el suelo de las estaciones de los pueblos, y si había dispensario tendría cola, porque había quedado una lista inmensa de tuberculosos, vómitos que pretendían seguir anegando en sangre al país, y la gente que entraba a la estación lo primero que hacía era irse derecha al botijo, y menos mal que en Turena había un botijo con agua fresca, que en Hécula el agua seguía siendo artículo de lujo, aunque menos que en los tiempos de don Jerónimo, con las fuentes de grifos controlados con un candado, y ahora caía yo en la cuenta de que me había ido de Hécula sin despedirme de nadie, ¿para qué?, todos los recuerdos eran gusanera podrida, murieron los míos sin tiempo apenas tampoco para despedirse, y qué bárbara siega la de tu madre, ella que fue la única que supo poner la oreja en el suelo y escuchar el ruido del río rumoroso subterráneo, ella que quería librarnos del desierto, precisamente cuando en Hécula la revolución lo había dejado todo arrasado como una pala vacía a la puerta del horno y con más sed todavía de vida que de agua, ella que casi había palpado el frondoso paraíso, entonces, casi junto al motor del agua, luchando frente a todo y a todos, enloquecida por las palabras de resignación y desaliento de tío Cirilo, y queriendo sentirse lejos también de la limosna cuotidiana del bienaventurado tío Cayetano, juntó el brillo salvador del salto del agua que refrescaría todas las grietas de la boca y del alma, con el brillo húmedo de la inminente agonía, y ella sola, acompañada de un bufón de la geografía heculana, entre calveros y torrejones, con los tejares a un lado y la ermita de San Roque al otro, entre piedras desnudas y pelotones de tierra seca, y el pozo viejo cegado de tierra y piedras color chocolate claro, tu madre tuvo la maravillosa intuición de presentir el borbotón salvador del agua, mientras los dos fanáticos hermanos la llamaban loca, y allí mismo, como último y tremendo adiós a la vida que tanto quería, le fue negado todo a mi madre, a pesar de que ella tenía el corazón más para dar que para recibir, y la familia, entre todos, pero los dos hermanos santones por delante, lo único que parece que se propusieron y nos propusimos, fue llevarla a la sepultura como a una santa de madera, de barro, de trapo, sostenida con estacas de caña pegadas a la piel, entrañable espantajo de amor, y aquel manantial ciertamente fue el presentimiento de las humedades que hoy han trasformado esta tierra, «hay que ser valientes y sufridos», decía ella, más zahorí que el propio Andresico «el del pendulín», porque ella al dar con el borbotón incontenible dio salida, al menos para ti, que fuiste el último en desaparecer después de la guerra, la dichosa guerra, la maldita guerra, la divina guerra, la endemoniada guerra que se los llevó a todos por delante, para ti, digo, fue como una música interior misteriosa e inefable, y también todos, menos tú, al principio se rieron de ella, y ahora eres tú el que puede reírse de todos ellos, porque tú llegaste a ver y gozar de aquella balsa enorme junto a la casita de «El Algarrobo», llamada así por el algarrobo inmenso que había junto a la puerta, que incluso cuarteaba un poco la fachada, y de allí salió ella, hacia la casa del pueblo, la noche aquella en que tu hermano Pascual castigó en público, como se lo merecía, al bruto de Pedrote, el mulero, noche que no podrás olvidar mientras vivas, y ella, aquel mismo día, te había estado gastando bromas: «para la Virgen de los melones yo misma me daré un remojón en la balsa», «si no sabes nadar», «pero como peso tan poco me mantengo muy bien en el agua, ya verás», porque ella era alegre, a pesar de todo, y hasta dicharachera, pero en el buen sentido, y recuerdo que, sentada en la cama, ya enferma, pedía la colonia y el espejo, las tijeras de las uñas y su peinador bordado, y aunque no llevara ricas telas era tan pulcra como la Baronesa, sin necesidad de aceites, polvos y otras porquerías, por no decir mierdas, y tú eras lo más grande y claro —Clara eras de nombre— que yo tenía en la vida, y Hécula, de donde acabas de llegar y adonde seguramente piensas volver y acaso terminarás volviendo del todo, es la tumba sin terminar de cerrar de todo lo que en ti pudo ser ilusión y vida sobre el terror y las sombras, y todo esto pensabas tú en la estación de Turena, entre la vía ancha y la vía estrecha, mirando hacia la Hécula de tus antepasados, y en los bancos de la estación se habían tumbado varias familias y parecían felices como budas desastrados; en esto vino un factor del tren, pequeñajo y pelirrojo, muy observador pero de mala sangre, que se me acercó y me dijo burlona y confidencialmente: «no se acerque demasiado que van cuajados de piojos verdes», y yo creo que lo único que necesitaban aquellos prójimos era pan y queso o pan y morcilla, que uno ya tenía cierta ciencia o al menos información directa de lo que es el hambre y de lo que es una cara con hambre, un hambre tan antigua como las piedras de la iglesia de la Asunción, un hambre como la roca horadada y como los santos que habían perdido los pies y las manos de tantos besos, besos de hambre, y no había que extrañarse de que aquella gente reunida allí, en la próspera y bullente Turena, tuviera piojos verdes, que hasta podía también tener piojos azules al atardecer, y piojos rojos por la mañana, aunque un piojo rojo en aquellos momentos quién sabe si no podría ser motivo de pesquisas e investigaciones, que había mucho delator voluntario, gente que había sufrido cárcel o persecución y que ahora hacía méritos y se desquitaba, éste sí, éste también, y todos lo hacían con la conciencia tranquila porque creían eliminar un peligro comprobable o no comprobable, y no había más que remitirse a las preguntas de los tribunales de guerra y consejos militares, «¿qué hizo usted en los años de la guerra?», «¿dónde combatió, dónde estaba, dónde tiene sus papeles?», y el que había estado en el lado rojo, fatal, por fuerza tenía que ser un asesino, y el que había estado en los dos lados, cuidado, averiguación al canto, que en esta guerra ha habido muchos espías y traidores, y las brutalidades pasadas no tenían nada que ver con las que estaban pendientes y se estaban cometiendo, pero, como digo, menos mal que los piojos eran verdes como la esperanza y si eran verdes es que eran inofensivos, piojos que habían llovido seguramente de los árboles después de la victoria y seguramente lo único que hacían era picar, y al que le pique que se rasque, si le pica mucho que cante flamenco, que eso parece que consuela mucho, y venga a mirar a un lado y al otro, y la salida del jefe de estación con el rollo de tela roja —no sé cómo lo permitían—, y el tren ya venía, calma, señores, los primeros serán los últimos, porque los últimos serán los primeros, y yo tenía ganas de sentarme aunque fuera en una tabla, estirarme en el pasillo aunque me pasaran por encima, había que dejar de una vez la España de los piojos verdes y llegar a la España verde donde los piojos serían al menos igual que el sarpullido de los prados cultivados y verdeantes, y de vez en cuando el humo de las fábricas, que por acá son como manchas vivas en el paisaje y los jerseys verdes o rojos entre los maizales y los helechos, y las cambroneras y las filas de piedras cubiertas de musgo, y luego esas vidrieras y miradores de las casas con sus visillos tan cuidados y las flores de verdad dentro de las casas, y las casas desperdigadas con sus pequeños y pintorescos huertos, árboles frutales y hortalizas, un poco de cada cosa, y también alguna mansión pretenciosa pero olvidada, con su cenador arruinado y las piedras de las paredes y las tejas recubiertas de un verdín reluciente, casi de panteón, que aquí sí que hay agua, a veces demasiada agua, a veces al principio yo creía que me iba a volver rana, pero ahora los días pasan monótonos, iguales, en la indiferencia de los verdes, las neblinas y las lluvias, sedante catarata de casitas en la erupción de los verdes precipitados, y las murallas de enfrente sirven de venda de alivio a la agresividad de los montes, revestidos como por un guante suave, y la blanca manta de la niebla lenta y quieta es como un telón de fantasmagorías, porque entre la eternidad de esa niebla cruzan a ratos figuras raras, sombras inaprensibles, seres de otro mundo quizás, sobre todo al atardecer o en las costosas madrugadas, y aquí la cal y las esquinas no son cortantes, y las calles torcidas en la fragosidad del monte tierno y húmedo dan la sensación de que la vida transcurre pegada a la piedra y a la tierra como la hiedra, y lo bueno es que aquí se duerme larga y profundamente, y cuando suena el despertador sería para enviarlo al río de una patada, pero al mismo tiempo se van encendiendo todas las casitas, y no existe esa borrachera continua de Hécula, ni gritos ni ronquidos, la delirante discusión de casa en casa, o la soñarrera que es como un anticipo de la muerte, y eso se nota más después de un viaje como el que acabo de hacer, que me ha puesto todo el ser en vilo y que incluso los primeros días, después de un viaje tan absurdo, tenía sueños, mejor dicho pesadillas, casi como aquellas de mi tonta niñez, que hay que ver lo que aguanté y qué bestias fueron todos conmigo, y una vez más tengo que decir, menos tu madre, sí, menos mi madre, y ahora no es ya que sienta que hay alacranes debajo de la almohada, murciélagos pegados a las cortinas, ratas inmundas aplastadas debajo de la alfombra, lagartos dentro de la palangana, curas gordos en el techo amenazando con hundirlo, luces como alas de ángeles soltando chispas entre los maderos del techo, velas dobladas y encendidas en las cornisas y en los mármoles de las consolas, que siempre terminaban siendo féretros con patas doradas y con un Cristo encima, y velos y mantillas negros en vez de colcha sobre mi cama, y todo esto, toda esa desazón penosa y martirizante recuerdo con dolor que fue entonces; pero ahora hay algo que se ha renovado con esta visita al pueblo, y es la penosa sensación de estar muerto y escuchar todo lo que dicen y hacen a mi alrededor desde la tumba, y sin poder mover ni un dedo, y sudar y sudar queriendo dar a entender lo que me ocurre, mientras todos pasan haciendo lo suyo, y lo que hacen no es nada inventado ni soñado por mí, sino la simple vida real, y nadie puede darse cuenta de que esto mío no puede continuar, porque el sufrimiento es espantoso y llevaría a la pérdida de la conciencia o a la locura, y puedo pensar y hasta hablar conmigo mismo, y decir en ocasiones «Dios mío» o algo así, pero sin que me salga la voz, sin que nadie pueda oírme, un estado pavoroso que yo no sé el tiempo que dura, pero por lo que hacen los demás, por lo que están hablando y haciendo y por la espera mía angustiosa, este afán de que se rompa la inacción, yo creo que dura lo suyo, y no hay imaginación ni latido, sólo el deseo imposible de querer moverme, querer caerme al menos de la cama, de modo que notara mi esfuerzo, pero trago inútilmente saliva, y tengo una percepción sensorial muy sutil de todo lo que está sucediendo a mi alrededor, al mismo tiempo que mi pensamiento se vuelve de una penetración y una profundidad increíbles, hasta el punto de que es como si pudiera crear una poesía de sublimidad difícil y brillante, o como si fuera capaz de comprender absolutamente, de un momento a otro, el sentido de mi vida más profunda, es decir, el destino total, el por qué nací y para qué vivo, y con un poco más el ingreso en la eternidad, ese mundo de umbrosa paz imperturbable, como una rosa arrancada de su tallo y echada al azar en la corriente de un río silencioso y sin distancias, y como metido en una barca que avanza sin moverse en la gris tiniebla de algo paralizado, como una estampa en el aire o un relieve en la roca, y todo lo que llega hasta mí es como un eco del eco, como si tuviera el alma sujeta a un cordón tan fino y tan frágil como el cristal, que vibrara hasta dar la impresión de que podía saltarse de un momento a otro, leve aleteo en la conciencia de ese ángel naufragado que todavía quisiera un poco de tiempo para enmendar alguna plana sucia; pero en esta congoja lo que más me preocupa e inquieta es la falta de movimiento y elasticidad en los músculos, el entumecimiento total de los miembros, la falta de iniciativa, ni siquiera mínima, en el cuerpo, un adormecimiento tan profundo que es como estar ya en la sima del más allá sin posibilidad de retorno, y de ahí la angustia atroz, y de ahí el sudor interno que se va helando sobre el cuerpo conforme nos convencemos de que la voluntad no es suficiente para regresar, y uno empieza a imaginarse a sí mismo en la mudez y el aislamiento absolutos, una vivísima representación del estar muerto prácticamente y a todos los efectos, sólo que uno, de algún modo, se siente mínimamente vinculado a la vida todavía, todavía hay un resquicio, un agujero por donde entra el soplo vivificante, y aunque uno no pueda responder, todo es cosa de esperar, de esperar paciente y agónicamente la vuelta a ese instante en que será posible el supremo esfuerzo de poner un pie al borde de la cama o de estirar el brazo, instante milagroso que no se sabe cómo vendrá, pero que guarda la enorme sorpresa, la gran esperanza, de poder renovar de nuevo el proceso vital, y qué asombro el poder hablar y que te oigan, y los primeros pasos que se dan por la habitación después de la horrorosa experiencia, y lo peor fue un día de campo, cuando estábamos de charloteo en una tasca de Logroño, adonde habíamos ido de excursión, cuando comencé a soltarle este rollo al doctor Arrieta, que aunque parezca que no, entiende bastante, aunque más bien por fuera parece un caso de despiste genial, pues cuando le dije todo esto, sin poder naturalmente explicarle nada en claro, contestó muy eufórico, como si no le diera importancia: «Sí, hombre, vamos a tomarnos unos chiquitos y luego hablamos, y ya verás cómo se te olvida», y luego me arrepentí de haber hecho el ridículo porque los demás estaban con unas caras más largas que los Cristos de palo, y yo ahora lo cuento, me lo cuento, ya que se dice que contando las cosas uno se libera de ellas, y yo no quiero que se me repita este ataque o fuga de la vida, o presencia en un sueño más dentro de la consciencia que de la inconsciencia, doble juego del vivir desvivido o quién sabe si vivencia de un trozo de muerte anticipada, pero dejemos esto, que me vino al contacto de la palabra Hécula, primer asiento de mi existencia y quién sabe si final de la jornada.

Vino todo esto a cuento del extraño desvanecimiento que sufrí en Turena, al que siguió un estado de placidez suma, y en el tren yo miraba sin ver el paisaje hacia la capital de España y como la tierra a veces era tan igual a sí misma, los ojos se me quedaban enredados en una nube blanca y redonda como la panza de una oveja a punto de parir, y de vez en cuando me venían también recuerdos remotos de la infancia: cuando tío Cayetano te llevaba, si era menester de la mano, a confesar, a dar la extremaunción o la comunión a un moribundo, y yo me colocaba muy cerca de la cama, que estaba tan recién mudada y tan blanca, y a lo mejor el moribundo al verme con aquella caja de la liturgia, o con la vela en la mano me miraba intensamente, y a lo mejor mi tío Cayetano mientras decía al agonizante: «Paco, te he traído al Señor, y te traigo los remedios para ponerte bueno y preparar tu alma para lo que Dios quiera», al mismo tiempo se dirigía a mí por lo bajo y me daba un manotazo delante de los llorosos familiares: «Déjate en paz las narices», y a lo mejor el viejo o la vieja sonreían y era aquélla su última sonrisa en esta tierra, y luego volvíamos con todo el sol, o entre las sombras de la noche, con el farol y tocando la campanilla, mudos y apresurados, y mi tío saludaba a los heculanos que estaban en las puertas de sus casas, casi siempre por su nombre: «Adiós, Frasquito; adiós, Teodora, adiós a toda la familia, Paco» y algunas veces llevábamos gente detrás y tío Cayetano iba rezando y tropezando y mezclando al latín de los salmos sus adioses campechanos: «Adiós, Perico, adiós, Micaela, adiós a todos los Soriano», y al llegar a casa se ponía una sotana vieja, sin alzacuello, se quitaba las botas y a lo mejor yo tenía que ir con prisas al retrete, y tío Cirilo había hecho un agujero en la puerta y de vez en cuando se asomaba: «Yo pensaba que estaba vacío», decía, y se le conocía la intención, la mala intención; y yo tenía que pasarme los días no ya agobiado por mis ansias ocultas sino paralizado por terribles temores, como un globo cautivo en la rama de un árbol, o en un poste de teléfonos, y me veo con unos pantalones cortos, que habían costado en casa tremendas discusiones, y tampoco eran tan cortos, porque fueran como fueran y como los hubiera cortado y cosido mi madre, tío Cirilo siempre pedía cuatro dedos más, tocando la rodilla, un adefesio para que se rieran de mí todos los niños del barrio, y como estaba destinado al altar y como todo el pueblo ya esperaba el seminario o el noviciado para mí ni podía ir a un cine, ni podía fijarme en una muchacha, ni ver un periódico o una revista, condenado a ir detrás de él, todos los días, a la ermita de San Cayetano, rezando las estaciones del Vía Crucis, o escuchando vidas de santos, y hasta mis hermanos eran más felices que yo en un colegio de la capital, todo tortura del alma, agarrotamiento de los pulsos de la vida, inmolación en la cual mi madre sufría tanto como yo, y ahora, pasados tantos años, mientras cruzaba hacia Madrid en un tren, fijos los ojos en los dilatados horizontes, todavía sentía la sequedad de los años mozos e igual que los solitarios arbolillos yo no había tenido garganta para cantar sino solamente noches de delirio en aquella cambra de cal y tinieblas, y mirando el desierto de la Mancha pensaba en una fuente o en un río cercano, y no aparecía nada para mis labios de sediento perpetuo, y volviendo los ojos a Hécula con el pensamiento me enzarzaba en aquellas riñas de vecinos por un pedazo de tierra, por un pedazo de pan, por un palmo de agua, y el inmenso campo en rastrojos era como el símbolo de mi vida, un sueño de fuente prohibida, una fiebre delirante con los labios resecos, la pesadilla del luto sobre mis piernas y mis brazos, un andar cansino como de fierecilla cohibida por los palos y los gritos, y encima de esto te llamaban dichoso porque no eras como los demás zagales, triste condición, y los ojos de mi madre eran un suplicio para mí, y ahora mismo desde la ventanilla del tren sentía el peso del pueblo encima, más abrumante que de niño, con los resortes rotos, se me había prohibido hasta pensar en el amor, en la vida, en la mujer, cosas que no eran para mí, tampoco el cielo rosa del atardecer, siempre al borde del negro abismo, y comprendía a los suicidas y a los locos, y estaba junto a los campesinos viejos que se encorvaban como leños tirando del arado romano, y ojalá me hubiera tocado tener una mula o un caballejo y un gran trozo de tierra en la misma Hécula, y aquellos hombres del sombrero de paja y el pañuelo pegado al cuello quizá eran felices aunque estuvieran agrietados hasta por las orejas, peor era el alma corrompida, encerrada a toda luz y a todo vientecillo, y no había camino posible por ningún lado sino seguir, para no matarlos a todos de disgusto, por el sendero de la renuncia, cartas a los padres superiores y a los rectores, se buscaba una beca, una beca para un niño aplicado, un niño modelo, sin posibilidad de rebeldía, y menos mal que tu madre contaba alguna vez y te llevaba al campo, no siempre al Castillo, al cementerio o a la ermita, y menos mal que ella te compraba alguna vez lápices de colores, papel de dibujo, y carboncillo y quería que aprendieras a pintar, porque tú tenías algo dentro.

¿Cuándo volvería yo a Hécula? Al salir había dicho que nunca más, pero otras veces lo había dicho, y siempre vuelvo, y siempre inevitablemente volveré a esa tierra, mi pueblo, como una piel de res reventada en la comba de las secas ramblas, tierra feroz donde te quedas tieso en una noche de escarcha, insolación de los que huyen del llano buscando la sombra de una fuente encenagada, fuentes que dejaron de dar agua, y tú mirabas hacia dentro de tu cisterna, bien hermosa que era, y te veías un ribete de luto en las ojeras y un temblor de miedo en la voz, cualquiera ahora se pone a destripar terrones en el páramo heculano, que en seguida brotan los huesos de los «paseados» en la guerra civil, huesos que descubren los perros con sólo arañar la tierra, muertos naturalmente con ira, muertos por unos o por los otros, qué más da, no hay diferencia entre la cuenta de unos y la de los otros, dos palmos de tierra dura y esqueleto al canto, y si sigues ahondando un poco más, es posible que salgan como florecidos vasos iberos o estatuillas griegas; dicen que en Hécula hubo una fábrica de moneda, a nosotros nunca nos salió nada, ni siquiera una blanca diosa romana, y de vez en cuando en alguna olivera un autoejecutado, la suspensión total, el equilibrio perfecto de un cuerpo colgado sin pensar que debajo puede haber un montón de monedas con efigies de reyes antiquísimos, y cuando te cogieron aquella carta a la muchacha que sólo desde lejos, desde el mirador, había puesto alegría en tu alma, todos se echaron sobre ti y ahora mismo estoy viendo el pueblo cruzado por nubes como fantasmas locos y el viento al rozar en las tejas produce un alarido gemebundo y espantable, y las campanas de las torres tocan solas y es que rezan o convocan para un entierro, y en las casas del que acaba de finar se reúnen las negras locas de la muerte, con ese lloro colectivo, resquebrajado y roto: «Pobrecico, ya tiene que partir, ha llegado la hora de partir», y ¿hacia dónde se tiene que partir?, partir para no volver, igual que el tren que se paró en Alcázar de San Juan a echar agua, un chorro de agua al lado de la caldera hirviente, el agua que había sido tu obsesión y la de todos, dicen que los mordidos por un perro rabioso no pueden ver el agua, el agua de tu cisterna, aquella cisterna escondida como un pecado, no a todo el que pida se le puede dar agua, que vayan a la fuente, «aguaaa de la fuenteeee», el agua de la balsa, el pecado se hizo dueño del paisaje, de la hoja de parra, que nadie se bañe sin pantalones si es hombre y sin camisón si es mujer, o hay que cerrar el motor del agua, la carne, la pálida carne, que es capaz de hacerse flor o rosa o fruta de jardín, todo eso es pecado, y si se refresca ahora, piensa que después se tendrá que quemar como pino joven o madero carcomido de travesaño o moldura ruinosa...

En la estación de Alcázar de San Juan bajaste a tomar un bocadillo, hasta tal punto el viajar siempre te ha producido no sólo apetito sino un estado más bien optimista, y ya ni siquiera te acordabas del arrechucho de Turena, ni del cúmulo de opresión y angustia de los días pasados en Hécula, y cuando de nuevo me vi sentado en mi vagón, hasta la gente que llenaba el departamento y el pasillo me pareció más simpática, y me puse en la ventanilla de aquel anochecer, y al lado, sin saber cómo, se sentó una muchacha, y mirando hacia el horizonte incendiado se le metió una carbonilla en un ojo, qué contrariedad, y era una muchacha dulce y profunda, como si escondiera una gran pena o una indecible promesa de felicidad, y fuimos hablando conforme surgían las estrellas en el cielo fugitivo, y nunca me había sucedido una cosa igual, porque pudimos conversar temblorosamente, y ella reía con gran candor, y al llegar a Atocha cogí su mano y fue el instante en que yo he estado más cerca de la felicidad, y quise pensar en ella y con sus señas en la memoria me hice un sinfín de promesas, probablemente ella venía a salvarme, y acaso mi vida iba a comenzar ahora, y todo es bello recordándolo, pero qué podía hacer, su familia la esperaba en Atocha y yo me conformé con mirarla profundamente en los ojos, y había como una súplica en los suyos, pero tú no podías ofrecerle nada, tu propia existencia es provisional, incierta, vacía, y tú sabías ya que nunca le ibas a escribir, porque al salir de la estación, inconscientemente o como fuera, pero como sonámbulo, hiciste una bolita con el papel donde habías apuntado sus señas y lo tiraste mecánicamente a la acera, y la disculpa era que las tenías en la memoria, y es verdad que nunca más se te olvidarían, Ibiza, 23, 5.º piso, y quizás se te grabaron de tal modo porque pensaste que aquel encuentro era una especie de signo que podía dar un nuevo giro a tu vida, y sin embargo la dejaste irse, sin una palabra, como quien ve perderse un barco en el horizonte, y una vez más se impuso sobre ti aquella paralización, aquella frialdad que te hace ciudadano de ti mismo, y gracias, con exclusión de toda entrega, y quizás fue lo mejor que pudiste hacer, que no sabe uno si lo que hace sin apenas darse cuenta no es siempre lo único que puede, que debe hacer, y así aquello que pudo ser un bello sueño se quedó, una vez más, en umbral de nada, para qué avivar una llama en la que nos íbamos a quemar probablemente sólo en sueños, y si digo todo esto y si el recuerdo de aquella muchacha del tren sigue permanente es porque creo que fue una de las poquísimas veces en que yo pude sentir el avasallamiento del amor posible, pero también es verdad que ya antes había creído sentirlo, y venga anhelarlo todo y prometerlo todo, y una mano negra viene y corta el hilo que te deja pendiente del vacío más desolador, y lo que falla una vez falla siempre, y ni siquiera sabrías decir si estos brotes de amor fueron alguna vez verdad o un sueño más de tus fantasmagorías de solitario insomne, que el mucho esperar y el mucho desear matan la verdadera vida, toda realidad palpable, y es mejor así, que uno, después de aquel primer amor que le dejó paralizado en medio de la vida, uno está muerto para toda esta clase de aventuras, y con la chica del tren pude comprobarlo, y que me perdone como yo la sueño, y muchas veces me pregunto si ella se acordará de mí, si me soñará como yo a ella o si algún tipo más decidido y sano que yo habrá cegado rápidamente la sima profunda de sus ojos y el candor de su risa, que un marido machote suele ser la salvación, y la perdición, de estas muchachas ensoñadoras y febriles que uno se encuentra por ahí en los trenes o en los miradores, y no puedo negar que durante mucho tiempo me afectó este encuentro, que estuve una temporada sin ganas de nada, ni de escribir siquiera, y tan indiferente a todo que los compañeros de taller me decían, «¿pero, qué te pasa?», y no se podía saber lo que me pasaba porque ni yo mismo quería saberlo, y ahora todas mis relaciones con las mujeres son a clavo pasado, y así no hay engaño para nadie, y tampoco se crea que ando loco detrás de la cama, cuando se presenta pues se aprovecha y en paz.

En fin, que menos da una piedra, y que esta tierra que tiene fama de no querer saber nada de castellanos, extremeños, andaluces ni manchegos no te está tratando del todo mal, pues no sólo vives y vives regularcete sino que ahorras un poco y ahora el próximo viaje no será a la Hécula de mis amores y mis dolores sino un mes en París, a lo que salga, sí señor, que ya lo tengo pensado y la vida son cuatro días, y yo me los he pasado yendo y viniendo de entierros a velatorios, y no sé cuándo, con todo, podré juntar a mis muertos, que a veces pienso que hasta el día del Juicio no vamos a poder encontrarnos, y mi solución aquí durante años ha sido leer, sobre todo al principio, que me encontraba aislado, y leía novelas policíacas, sólo novelas policíacas, pero poco a poco se fue resquebrajando esta muralla vasca y pude encontrar hasta amigos, cosa que parecía increíble, y si hubiera seguido como estaba, yo mismo hubiera consumado mi marginación total, pero el que quiere algo algo le cuesta, y después de rascar el papel vegetal durante horas, tengo mis buenos ratos libres, y me curo de la quemazón de los ojos, que ya llevo dos gafas desde que mi profesión es hacer rayas y más rayas, con un poco de baraja y un acompañamiento de vinorro, y cada uno habla de la procesión o de la feria de cómo le fue en ella, y en ocasiones a mí mismo me parece que soy otro muy distinto al muchacho que tuvo su primer revolcón con una pueblerina brava, la Santi, en la bodega de la tía Juana, y que tampoco soy yo el que se puso y colgó las sotanas, y las colgó de una percha para brincar la tapia del funesto y horripilante seminario, espías los padres, espías los hermanos y espías los compañeros, maltratada vocación donde a menudo se ve que sólo prosperan los pillos, los hipócritas y los tristes mansurrones que canjean sacerdotes por tapadera de boca y estómago, comulgatorio y confesonario por refectorio y coro, ángel y lebrel unidos en vuelo rasante del campanario al huerto, y tío Cirilo siempre al yunque: «Dichosos los que están en el cielo» y tío Cayetano con su luctuoso repique: «Que la Virgen nos dé una buena agonía», que la vida no era más que eso, antesala de la agonía, y tu madre: «Dios dirá», y se perdieron los testamentos de las cuatro perras y los mil incordios, y hasta junto con los huesos el nombre y los apellidos quedaron enterrados, como quedaron sepultados los posibles desposorios, que en esto del amor nunca supe a qué carta quedarme, porque una vez yo le escribía las cartas a una y de quien estaba enamorado era de su hermana, y también ésto pudo terminar en matrimonio, quién sabe si para bien, aunque fuera con hermana equivocada, nunca se sabe, nunca se sabe nada del todo, siempre se sabe algo pero no siempre se sabe lo mejor, por qué buscar explicaciones ahora a todo lo que pudo ser y no fue, si lo que es mejor incluso de lo que tú nunca te atreviste a esperar, esta tierra donde camino entre retamas hasta llegar al autobús y a la estación, y siempre tu madre te dijo que las retamas eran amargas, pero yo no las he probado aunque su explosión de amarillos a veces le hace a uno enloquecer, y saluda a gente que no conoce y acepta una manzana o una breva al pasar, y sigue con la hebra espesa de la miel pegada al labio, cantando o más bien canturreando alguna canción del año de la polca, pero de lo que siempre me preocupo y tengo que preocuparme es de esa especie de puncha clavada en medio del cerebro, y aunque esto sea, como dirían los entendidos, la antítesis de Hécula, Hécula sin embargo sale siempre al paso, sobre todo por la noche, cuando quiero dormir y no puedo, y doy vueltas, enciendo la luz, la apago, la vuelvo a encender, me vuelvo a tumbar, me tomo el pulso, me palpo la planta de los pies, y espero contando corderitos, rezando padrenuestros, a que pase la cosa, lo que sea, que a lo mejor no es nada, o puede serlo todo, es decir, el simplicísimo, el complicadísimo, el ignorado y terrible final de todo, pero quién sabe si le estamos buscando demasiada preparación a un desenlace que se presenta por las buenas y cuando te quieres dar cuenta ya has brincado la zanja definitiva, porque yo me pregunto cuál es mi enfermedad, y ésto es lo peor, que no tengo enfermedad definida, concreta, y a veces pienso que voy a morirme, y aboco a un estado de adiós y de despedida sin retorno, y lo veo y lo siento tan posible y cercano, que es como si el ser, todo mi ser, se disolviera como un trozo de hielo en un vaso de agua, y es entonces precisamente, tampoco sé por qué, cuando regreso a Hécula y escarbo en la conciencia todo aquello de la sed, la revolución, el agua, los incendios, las muertes, el luto perenne...

Tus hermanos Pascual y Manolo no sólo te precedieron en lo del pito sonoro y la llave del agua sino que también pasaron por el Seminario, como era obligado, aunque por poco tiempo, y ahora estaban en Murcia en un colegio y se quitaban por lo tanto de encima todas las riñas y los golpes de tío Cayetano y tío Cirilo.

Tu hermano Manolo, con más ley por ti, antes de irse a la huertana Murcia, esa Murcia del sudor de los sobacos y de las ingles, esa Murcia de las bicicletas que se meten en el terreno de las vacas, la Murcia morenaza y gritadora que acuchilla la luna con las hoces, que quiere escaparse y se desborda por las acequias, esos pueblos de la vega murciana donde es ritual llevarse a la novia, seguramente para probar cómo es la cosa, y en esto hay que reconocer que se ha adelantado a muchas provincias, pues, como digo, antes de irse los dos a esa Murcia del gusano de seda, del pimentón y de las frutas en conserva, donde los Maristas enseñaban a los muchachos a mirar al cielo y ellos lo único que veían eran los racimos de dátiles colgados de las palmeras, pues tu hermano Manolo, al irse, te entregó la llave de la fuente, y te dijo: «...Y no dejes que te coman...», y tú ya tenías aprendida la lección, que consistía en acudir a la fuente puntualmente a las doce del mediodía, cuando los ebanistas salían del cepilleo y del lustre de la madera para comer, agarrar entonces el pito que estaba sobre la cornisa de la chimenea, hacerte con la llave, una llave extraña que tenía una cadena como para atar un cabrito, que siempre desde pequeño yo había visto entre el tinajero y el amasador dentro de un tazón desportillado, y que habían trasladado a la cornisa para darte facilidades, pues una vez que ya tenías la llave milagrosa en la mano, te ibas despacio hacia la fuente y tomando aire, todo el que podías, tocabas el pito hasta que las zagalas y las mujeres comenzaban a aparecer por las esquinas, y el tropel que se formaba poco a poco en la calle, hiciera calor o frío, era regular, y muchas mandaban por delante a sus críos para coger la vez, y ya todo era griterío y discusión, y mientras tanto tú ponías la palma de la mano en la boca del grifo para ver si ya se dejaba sentir la venida del agua, y hasta que no veían salir el chorro muchas mujeres no se quitaban de las ventanas de sus casas, y luego se llamaban por los patios unas a otras, y desde ese momento comenzaba el acarreo, que sólo acabaría a eso de las dos cuando el agua se extinguía poco a poco y la gente que estaba en la cola comenzaba a maldecir, no sólo a don Jerónimo, que era el amo, sino a mí mismo, y qué culpa podía yo tener, pero el caso es que en un santiamén yo me veía rodeado de mujeres y muchachas que esperaban el agua con tal ansiedad, que parecía que fueran a apagar un fuego que estuviera consumiendo la ciudad entera, y ciertamente en la ermita, que estaba al lado de la fuente, la palabra que más podía escuchar san Cayetano, era la de agua, agua, agua para una garganta colectiva y reseca, para todas las gargantas agrietadas por la sed, y menos mal que junto a la fuente había cuatro árboles grandes, uno en cada esquina, y daban su sombra bendita sobre la peleona cola de las mujeres que iban avanzando, mientras el agua salía, con sus cántaros y botijos, a veces también con lebrillos, pequeñas tinajas y calderos que traían entre varios de la familia, pero lo primero que había que abrir era la reja que separaba el grifo del acceso de la gente, es más, antes de aplicar aquella manivela al grifo, había que meterse en el cuartito cerrado donde estaba la llave de paso y aquel cuartito quedaba después cerrado con un hermoso candado, y ya el pito estaba en el bolsillo, y mejor era el pito, porque en los primeros tiempos todo se hacía con una campanilla que parecía de feria, y a mí al principio me daba mucha vergüenza y además era capaz de perdonar a un vecino cuando no traía las perras, pero más de una vez tenía que hacer la función total delante de don Jerónimo, y entonces todo el mundo tenía que pagar, y después de tocar el pito, yo tenía que gritar la hermosa palabra de «aguaaaa, aguaaa de la fuente...», y el agua había venido de verdad y ya se estaban llenando los cacharros, sin embargo también algunos días el grifo comenzaba a hacer ruidos raros y a soplar, y el agua no terminaba de venir ni venía, o si había venido, se había ido, y qué rabia le entraba a la gente y qué confusión para mí, como si el agua fuera mía, y qué tomadura de pelo y qué palabrotas había que escuchar, pero cuando venía, el gozo del agua resonando dentro de las vasijas se mezclaba con el furor del que se quedaba a medias, y no era mía la culpa, y yo llegué a saber presentir cuándo el gemido del grifo era signo de sequedad, es decir, que el agua no vendría o se iría nada más venir, o cuando habría agua para todos y los vecinos se iban con los cacharros llenos hasta el gollete, pero lo que nunca olvidaré es la sudadera y la tristeza y el escozor de aquellos mediodías de plomo, en verano, cuando las moscas zumbaban en la greña de las mujeres y en los mocos de los críos, y la cola se convertía en una serpiente inflada de protestas airadas, y además tenían toda la razón, que por qué el agua tenía que ser de un señor que la administraba como si ordeñara una vaca, pero todo el mundo temía a don Jerónimo cuando bufaba, y no era perro ladrador sino más bien un zorro muy fino, y para él todo el vecindario de San Cayetano estaba formado por cafres, y por las tardes yo hasta me quedaba dormido de pie viendo contar las perras que había sacado de la caja de hierro, y la caja aquella era como su alma, y un día mi madre discutió con tío Cirilo y tío Cayetano y les dijo que llegaría un día en que el agua sería de todos, que el agua es de Dios y de los hombres, y ellos se escandalizaron tanto que llegaron a decir a mi madre:

«Mira lo que estás enseñando a tu hijo», y mi misión no terminaba con vender el agua, que luego, todas las tardes, tenía que ir con la caja de hierro aquella, que pesaba más que un arca llena de membrillos, y aunque se me ocurriera, ni probaba siquiera a sacar un real o dos reales, no digamos una peseta, aunque Rosa decía que era muy fácil con una horquilla del pelo, pero a mí me parecía que con sólo probar ya lo descubriría don Jerónimo, con aquellos ojos de acero que tenía, y yo creo que sabía lo que había dentro sólo por el peso, y luego lo ponía todo en billetes, que yo lo vi una tarde al entrar con un montón de billetes encima de la mesa, y cada billete lo colocaba en su montón, según fueran de cinco duros, de diez o de veinte, y al verme abrió un cajón y los metió todos de prisa, como si yo le fuera a robar alguno, y en toda aquella casa, llena de gatos y con un perro enorme, que siempre tenía don Jerónimo a sus pies, y que no sé por qué estaba tan flaco, pues en la casa, digo, había algún misterio, y tenía un criado con un chaleco a rayas que era el que lo hacía todo, incluso la comida, y se llamaba Raimundo, y mi hermana Rosa al oír hablar de él, siempre decía: «Raimundo, ¿quién hizo el mundo?», una broma que exasperaba a tío Cayetano y a tío Cirilo, y este Raimundo siempre me abría la cancela y poniéndome la mano en el cuello, me preguntaba: «Pepico, ¿tienes calor, tienes frío, tienes sed, tienes hambre?» y a escondidas me daba un sequillo o una magdalena, «Pero, por Dios, que no se entere don Jerónimo», «No se preocupe usted», le decía yo, y en invierno me llevaba hasta la habitación

donde estaba la chimenea encendida, y don Jerónimo no encendía nunca la luz eléctrica sino que se
estaba allí con una capuchina encendida comiendo
castañas asadas o patatas, pero nunca me ofreció,
aunque lo normal, si no hacía mucho frío, era que
estuviera en el salón de las cortinas rojas y los cuadros antiguos, que estaba al final del largo pasillo
donde se sucedían los muebles raros, primero el per-
chero, después un arcón de cuero, luego el cantera-
no, y por fin, el cuarto de la mesa enorme y de la
alfombra también roja, y don Jerónimo, que llevaba
siempre las llaves atadas a la cintura, cuando agarraba la caja de las perras la ponía encima de la mesa,
luego ponía un periódico, y encima un trapo negro,
y en seguida dejaba caer todas las monedas, y todavía tengo metido en la sesera aquel ruido de las
monedas de cobre sobre el paño viejo, y aquella
música de las monedas le gustaba a él mucho, pero
cuando no veía reales, dos reales o una peseta, se le
ponía cara avinagrada y en cambio cuando salían
algunas monedas de estas gordas le temblaba el pulso, yo creo que si por él hubiera sido los vecinos
de San Cayetano se hubieran pasado día y noche en
la cola de la fuente soltando perras, porque cuando
yo le contaba cómo se peleaban las viejas por el turno en la cola, o que se rompía un cántaro o una boti-
ja o que al grifo le daba por resoplar durante media
hora para luego echar varios borbotones de agua y
sanseacabó, don Jerónimo entonces se reía y se pasaba la lengua por los labios como si acabara de co-
merse un pastel, pero no terminaría de contar las
perras, sin repetirme que mucho cuidado con las

ollas y los pozales, que él ya sabía que siempre metían alguna vasija de más por el mismo dinero, y
que había que cerrar el grifo antes de retirar el
cacharro, porque aquella agua que se caía al suelo
valía dinero, y las perras sudadas, ennegrecidas, en-
robinadas, verdosas, formando montoncitos sumaban
pesetas, y las pesetas sumaban duros, y eso era el
dinero, y sin dinero nada se podía hacer en la vida,
hasta las misas costaban dinero, y quién le iba a decir
a don Jerónimo que iba a terminar como terminó,
y ahora yo recuerdo aquel día de calor en agosto,
cuando las mujeres estaban todas bajo la sombra del
árbol y se acercó un perro a beber del agua que
inevitablemente tenía que caer en la pila y don Jerónimo, que había aparecido allí como un fantasma,
le dio con su bastón un soberbio golpe y el perro
salió corriendo con la lengua fuera y cojeando, y la
gente desde aquel día yo creo que miraba con mucho
más odio a don Jerónimo, que así se cuajan muchas
veces las tremendas iras de los pueblos, quién se lo
iba a decir entonces a don Jerónimo, con sus dedos
tan finos y delicados como pinceles o como plumas,
y apuntando numeritos cada día, con aquellos dedos
como los de las imágenes de la ermita, blancos y
gastados como de marfil antiguo, y de vez en cuando
se pasaba un cepillito por las uñas y soplaba leve-
mente, aquellos dedos que le temblaban al hacer
los montoncitos de monedas, y las perras se pegaban unas a otras como negros esputos de mineros, y las pesetas habían perdido la efigie del rey,
y él ponía aparte los reales con un agujerito en el
centro, y tío Cirilo casi se quitaba la gorra cuando

hablaba de don Jerónimo y tío Cayetano alguna vez lo había puesto en sus intenciones con un padrenuestro al final del rosario, porque le había entregado alguna limosna importante para la ermita, Dios se lo pagará con creces, decía, y ahora no quedaban ni cimientos de la ermita y de don Jerónimo sólo un nombre maldecido, y a mí los sábados, que tenía que pagarme, me tenía sentado una hora en el recibidor, donde venían todos los gatos a lamerme las piernas, debían de tener mucha hambre, y mientras tanto don Jerónimo estaría quitándome alguna peseta del sobrecito azul, «Es que, hijo, esto del agua cada día va peor, si no fuera por los "aguaores", sería cosa de cerrar la fuente», y luego llegaría la fila de «aguaores», que en un carro con un tonel iban repartiendo el agua por los otros barrios, y ellos tenían que poner el carro, el tonel y el burro o la mula, y todos salían de la casa de don Jerónimo siempre protestando, menos tú, y era cosa de risa y de pena ver la fila de los «aguaores» entrar al pueblo debajo de un paraguas viejo, y nunca los vi salir de casa de don Jerónimo sin soltar alguna palabrota, en fin, que el agua, la sed del pueblo, llevaría a don Jerónimo al pozo seco de la cal, que es verdaderamente un final triste para un hombre que tenía al pueblo en un puño, sujeto por la sed, por esa cosa tan clara que es el agua.

Aquello de pintarnos el purgatorio rodeado de llamas, sin la posibilidad ni soñada de una gota de agua, y si soñada, peor todavía, por la imposibilidad de alcanzarla, un tormento bien imaginado, un espanto irresistible, pero había que resistirlo, y todos prácticamente tendríamos que llegar a él, porque a este espanto se llegaba, se podía llegar, por cualquier cosilla, por la estúpida mirada al hoyito que se forma en el pecho de la mujer partiendo del cuello, una apertura hacia lo desconocido, y si pensando en esto se crecía el miembro y estorbaba y se rozaba con el colchón y si hasta durmiendo tenías un flujo de inesperado placer y al mismo tiempo el dolor de la impotencia de disfrutar por saberte pecador, y por qué hasta el tocarse tenía que ser condenación eterna, y no quisieras saber lo que era masturbación, y evitabas saberlo, y sufrías convulso entre el sí y el no, y tuvo que llegar el angelito de Tomasín, que no sólo te descubrió eso sino muchas cosas más, y a costa tuya gozaba él, y más grande era todavía tu remordimiento, y venga a tragar saliva y a ser obediente, como un corderito ciego, y algo ocurría dentro de uno que era la locura del cuerpo contra la razón y el pavor, y una vez te hizo sangre, lo que faltaba, era para morirse de vergüenza, vivir siempre sobre brasas, y si terco en hacer y dejar que hicieran sobre ti, más terco todavía en confesar la culpa, una obsesión constante, el miedo a morir en pecado, pecado mortal, el más grave de todos los pecados, y ni mirar a los que se bañaban en la balsa, y mucho menos fijarte en las muchachas que iban para mujeres, odiosa condición de mi ser, que sólo alcanzabas alguna felicidad pronunciando el nombre de alguna por lo bajo, o escribirlo en un papel y en seguida romperlo, o siluetear el busto con el lápiz y en seguida tragarte el papel, y aquella Florentina me hacía caso y me miraba de cierto modo, pero tan pronto tío Cirilo, que vigilaba de día y de noche, sospechó algo, dejamos de pasar por su calle, y alguna vez yo me atrevía a pasar como una paja en el remolino del viento, y entonces volvía a casa sudando y me escondía en un rincón, pero ella ya me había visto desde su ventana y se había puesto colorada, y mi tío Cirilo cuando descubría algo de esto, en seguida me hablaba de sus hijos, que estaban en las misiones convirtiendo almas, y si nosotros no íbamos al infierno sería por ellos, y había que hacer otro tanto y salvar almas, y las mujeres, aun Florentina, que tenía cara de ángel, llevaban el demonio dentro, y tu madre se encontraba entre dos fuegos, como es natural, y por no desagradar a tío Cayetano y porque la tenía supeditada en todo, ya me estaba viendo en un púlpito salvando no sólo a la familia sino al pueblo entero, que nada valía la pena en comparación con ser un gran misionero, pero sobre todo un santo, y yo fui alejado del parque los sábados y los domingos, y ni podía montar en los caballitos ni en las barcas, porque en esos sitios había niños muy golfos, y mi madre ignorante de todo el río podrido que se iba estancando en mi alma, pero probablemente todo en la vida era por fuera una cosa y otra por dentro, que hasta en algún cura habías notado algo de eso, el padre Rogelio, por ejemplo, que agarró a Alfonso, el de la huevera, y lo tiró al suelo y se las arregló para meterle la mano por la pernera del pantalón, y todos estábamos más sofocados que él, y luego desde el coro, porque tocaba el armonio y nosotros éramos cantores, no hacía más que mirar a las muchachas, a las del médico don

José Santos, sobre todo, y las miraba a las dos, y creo que una le gustaba más que la otra, o las dos le gustaban mucho, y las dos hermanas estaban creídas de lo mismo, hasta que mandaron al padre Rogelio a Cádiz o que se salió de la orden, no lo sé, hasta es posible que las hermanas se mantengan cierto oculto rencor por dentro todavía, que de buena se libraron, y las dos eran muy guapas, pero una de ellas, la menor, era más traviesa y avispada, y yo me creía dueño de un secreto enorme, y nunca dijiste nada en tu casa por lo mismo, porque siempre en la vida hay que tener algo callado, y de hecho nunca has visto del todo claro eso de la religión, aunque creer sí crees, y ahora te das cuenta de que no has jugado ni has salido de paseo como otros niños, que no has tenido infancia ni nada parecido, aunque simplemente fuera ir a San Francisco a comprar cascarujas, regaliz, piñones o turrón, que siempre tenías que ir de la mano de tío Cirilo, y él siempre te iba hablando de la Sagrada Familia, y cuando algún bárbaro decía alguna obscenidad o alguna blasfemia, en seguida tío Cirilo sacaba su frasquito de agua bendita y asperjaba el lugar, y si podía también a la persona, y les llamaba «bestia inmunda», «espíritu infernal», y a mí me daba mucho miedo todo aquello, y los zagalones se reían, y así conforme crecía, yo tenía más miedo a mi propio cuerpo, y al cuerpo de las muchachas, por supuesto, y tío Cirilo era capaz de oler los calzoncillos, o de dejarse los ojos pegados en un rincón del retrete, y una vez le vi que llevaba una correa de pinchos en la cintura, y goteaba sangre, y tía Matilde se puso como la cera,

«Jesús, qué hombre», exclamaba haciendo la señal de la cruz, porque tío Cirilo iba para santo, y a lo mejor sólo lo hacía para remover la conciencia de tío Cayetano, que a veces gastaba muchas bromas con los jóvenes que le caían bien, nada malo, solamente una querencia cariñosa, que de algún modo tenía que desahogarse la naturaleza, pero lo peor era que de vez en cuando, siempre de noche, a tío Cayetano le entraba la manía de que se estaba muriendo, y el pulso no se le encontraba, y se ponía blanco y afilado como los de la agonía, incluso le brotaba como el sudor de la muerte, y los pies y las manos cada vez más fríos, y entonces cogía un papel y hacía un breve testamento reconociendo lo que era justo, pero a lo último, cuando se murió de verdad, tenía a tío Cirilo al lado y las cuatro cosas de que era propietario se las dejó todas a tío Cirilo, para que siguiera administrándonos a todos, una tomadura de pelo, que no se sabe cómo gentes que creen en Dios pueden hacer tales injusticias, pero cualquiera le discutía, que él tenía seguramente al Espíritu Santo en el bolsillo del chaleco, y los demás no teníamos nada, nada más que la resignación, la obediencia, y todos a callar, y yo años después me he preguntado muchas veces si no sería la familia tan religiosa porque vivía de ello, porque a la religión se debía no sólo que rezáramos tanto sino también que comiéramos en casa, y lo que no comprenderé nunca es cómo personas más bien pobres de siempre, acostumbradas a un pasar modesto, tuvieran tanta sed de dinero, porque eso se comprende en gente que haya estado siempre rodeada de billetes, nadando en la abundancia, pero no lo puedo comprender en gentes que por un lado están condenando el dinero desde el púlpito y a todas horas, que el dinero es una condenación, que el dinero se ha de quedar aquí cuando nos encierren en la «alcancía» donde sólo valdrán las buenas obras hechas, y esto de la alcancía se decía con mucha intención, se quería decir la «caja», que nunca se decía allí el féretro ni el ataúd, siempre se decía la caja, ni siquiera la palabra solemne de arcón, sino la caja, a secas, y cómo suena esta palabra dicha por los heculanos, como el compendio de las cuatro tablas rasas que resisten un cuerpo justo para ser metido en la fosa, o el nicho, y siempre haciendo balance de la vida, nada, nada de nada, un sueño, cuatro días, ver y no ver, y si te he visto no me acuerdo, que es para meter el corazón de todos los niños en un puño, miseria, pura miseria, en eso queda todo, que todo se lo ha de tragar la tierra, pero entretanto, si pillan un duro no lo sueltan, y los duros no se sueltan aunque la familia, aunque el prójimo, los niños, todos los niños del mundo tengan hambre, porque lo importante era la resignación cristiana, y con esta resignación el hambre y la tristeza eran más negros, y nadie se atrevía a chistar cuando aparecían los botines de don Jerónimo, y todo el mundo soltaba las perras, para que luego don Jerónimo hiciera montoncitos en casa, que yo lo había visto muchas veces, pero yo era un mocoso y nadie se atrevía a pedirme nada, pero alguna vez, después de mirar bien y de ver que no estaba don Jerónimo por allí, ni a la redonda, alguna vez sí que le perdoné las perras a las mujeres, pero todos teníamos miedo, yo más miedo que nadie, que don Jerónimo tenía al alcalde y al jefe de los municipales metidos en el bolsillo, que aquí, en la vida, unos han venido a mandar y a gozar un poco, aunque sea gozar contando las perras, una a una, pero los demás a jorobarnos de la mejor manera posible, dejando al cura que haga lo que tiene que hacer en el último instante, cuando no quede sino meterse en el escondrijo final con los ojos convertidos en escama de pez, o en ala de mariposa, peces y mariposas ciegas, y adivina dónde estás y a quién se lo cuentas, buen juego para el orgullo del hombre, sea quien sea y llámese como se llame, Perico el de los Palotes o don Jerónimo, o monseñor Escrivá, o Juan Belmonte, que a ver quién ha vuelto para contarnos algo, que yo estoy seguro de que si fuera posible, a mi madre le faltaría tiempo, y no sé tampoco por qué me he metido ahora en este agujero sin salida del llamado óbito, qué palabra, que nunca he comprendido por qué esta palabra significa lo que significa, que más parece todo lo contrario, como si fuera la palabra antisignificante total, una palabra que a mí me da risa, y diréis que no se usa, pero en Hécula sí se usa, parece mentira, pero yo recuerdo muy bien que la usaba don Francisco el notario, y los curas también la usan, y todo será por no decir la palabra verdadera, porque siempre nos gusta engañarnos y usar palabras para disimular, pero yo prefiero usar la palabra, con todo lo que sea, la palabra es muerte, muerte y nada más, y soy el primero en tenerle miedo, que recuerdo de pequeño, cuando tenía aquellas pesadillas, y aquellas visiones,

71

que todo era miedo, miedo a eso, y qué más da, y recuerdo cuando dos o tres veces me quedaba dormido debajo de la higuera y se me caía encima alguna hoja o alguna brizna de algo, y salía corriendo con tal pasmo que tu hermana Rosa en seguida comenzaba a decir «pobre criatura», que otra vez ese fantasma o lo que sea le ha rozado la cara, y era verdad, que algún fantasma me rozaba y me hablaba a mí, y esto me trajo muchas agonías, muertes vividas antes de morir, y quién sabe si don Jerónimo no tenía también su fantasma, y quién sabe si cuando le tiraron al pozo de cal viva no le tirarían también su alcancía, aquella de las perras contadas una a una, tu férrea caja, que tantas veces cargaste con ella, y ahora pienso muchas veces que dónde habrá ido a parar aquella caja, si no la tiraron al pozo de cal con él; pero ahora en Hécula hay agua para todos, aunque la siguen pagando como si fuera vino, porque en Hécula el vino es más barato que el agua, porque Hécula existe como aquello de los hebreos cuando cruzaron el desierto, pero en tu pueblo sin moverse, sin cruzar nada, pero ahora hay agua para todos, no como antes que el que no tenía una buena cisterna, como nos pasaba a nosotros, tenía que pasar por la varita de don Jerónimo, y yo me sigo preguntando quién vivirá ahora en la casa del amo de las aguas, rejas y portón, con aquel dragón en la aldaba, y después la cancela, con su cadena negra que hacía sonar una campanilla como la de los auroros cuando van cortejando a la muerte por las esquinas, y después aquellos pasillos en penumbra, y la salita y el salón, y los muebles viejos, y la luz de oro en la parra del patio, todo rebosante de matujos altos, lo mismo ortigas que albahaca, y al final, ya donde concluían todos los arcones y baúles, subiendo unos escalones, se encontraba aquel misterioso cuarto que daba a la visión del campo y tenía candado en la puerta y reja en el ventanal, y allí don Jerónimo tenía un montón de botellas de agua en una rinconera, y nunca cuando hablaba por teléfono decía el agua, sino el líquido elemento, más bien con guasa, y lo mismo le daría que fueran al depósito del agua en carros con toneles y le buscaran las cosquillas al manantial, que a lo mejor hasta el libro gordo de las cuentas, los reales al centimico, se lo habían tirado con las paladas de cal que decían que le habían echado encima, que todo es posible, y dónde se habrían quedado aquellas gafitas que le cubrían sólo medio ojo cuando riendo te decía: «No harás trampitas con las monedas de media peseta», claro que sí, a lo mejor esto lo cuento un día desde el principio al final, pero es que yo de lo que más obsesionado estaba era de aquello de «agua, aguaaaa, ha venido el aguaaaaaaa», que otros se habrán ganado los primeros dineros de manera más odiosa y siniestra, que yo nunca denuncié a nadie y di muchos cántaros de agua gratis, siempre que podía y no estaba don Jerónimo delante, porque aquellos que se la llevaban sin pagar es que materialmente no podían, y mientras tanto don Jerónimo tenía la casa llena de estatuas de bronce y cuadros con mujeres desnudas, y un día que yo me quedé mirando más de la cuenta, «Hay que verlas como ángeles, son como ángeles», me dijo él, pero no eran ángeles porque los ángeles, que yo sepa, no tienen tetas y aquellas no tenían tampoco alas, y otro día, cuando yo estaba absorto mirando los arcabuces, me dijo: «Cuando seas mayor, cuando seas un hombre, te los dejaré y te pagaré la pólvora y un mozo cargador, ¿a que sí?», otra cosa que se quedó sin cumplir y está claro que ya no lo podrá cumplir, y Dios sabe dónde estarán sus arcabuces, porque aquella casa de piedra y hierro fue la primera que asaltaron cuando la quema de iglesias y conventos, y la tira de muertos que hubo en el pueblo, y don Jerónimo fue el primero, antes que el cura-arcipreste, y también es cosa de preguntarse qué ocurriría con el perro de don Jerónimo, porque nada se dijo de que lo hubieran tirado al pozo con su amo, pero si no lo defendió hasta el final, con lo fiel que le era, seguro que lo habían matado antes, que en Hécula es que se hincharon a matar unos y otros, y hasta muchachos jóvenes y mujeres, unos a otros y los otros a los unos, y a unos con el brazo en alto y a los otros con el puño cerrado, y el primero, el amo del «líquido elemento», que más le hubiera valido que hubiera dejado los grifos abiertos y que cada uno bebiera cuando le diera la gana, que bien me acuerdo yo de tío Cayetano hablando sin parar de los puños tan blancos, de la puntera de los zapatos tan brillantes, del cuello de las camisas siempre impecables de don Jerónimo, pero nunca tío Cayetano hablaba de sus buenos sentimientos con el prójimo, sólo nos repetía a menudo que ya el padre de don Jerónimo había sido protector de la ermita de San Cayetano, y si el altar mayor pudo tener mármol italiano, en vez de madera de pino, fue por don Jerónimo, bendito sea don Jerónimo, «hay que rezar por don Jerónimo, que en el cielo esté…», «para que pida por nosotros don Jerónimo», a cualquier hora pediría don Jerónimo por nadie, a buen seguro que lo habían puesto en seguida a vender agua para las ánimas del purgatorio, y aviadas estaban, que ahora recuerdo cuando el día antes de la Virgen del último año, estaba yo viendo cómo hacía cuadritos sobre un papel con lo que se había sacado en el mes, cuando entró una muchacha toda vestida de negro con el cuello y los puños muy blancos y un redondelito también blanco sobre el pelo, y puso la bandeja con la jarra y dos vasos en la mesa y luego don Jerónimo sacó un par de sobrecitos de su cajón y de un botecito extraño, puso una cucharilla en el vaso con agua y después vació un sobre blanco, e inmediatamente después otro sobrecito de color amarillo, y aquello hervía con espuma refrescante, todo como si fuera bicarbonato, pero no era, y te habías engañado también si pensaste que el otro vaso era para ti, porque tan pronto eructó con lo de los sobrecitos sacó del cajón una botella que podía ser de Agua de Carabaña, pero olía a anisete, y se sirvió un buen culo del vaso y se lo tragó haciendo «*Ahaahaah*» con la boca, y ni siquiera me ofreció nada, aunque yo estaba preparado para decir «gracias», pero no tuve que decir nada, y de estar de pie me entraba un gran hormigueo, pero él quería que me estuviera tieso y quieto como un palo, y si me movía un poco comentaba para sí mismo: «Este zagal tiene el baile de San Vito o poco menos», y él mismo se reía, pero

75

yo también tenía algo para reírme de él, y lo supe por mi hermana Rosa que cuando él pasaba por enfrente de San Cayetano siempre decía: «Ahí van el bastón y el bisoñé», y mi madre añadía: «Pues lo debe de llevar pegado con goma arábiga, porque con este vendaval, ni se le mueve», y todos se reían, pero había que procurar que tío Cayetano estuviera de buen humor y que tío Cirilo no estuviera dispuesto a armar la gran gresca; mi madre, con todo, estaba deseando que dejaras lo de la caja de las perras del agua, pero a mí me gustaba tener aquellas pesetillas guardadas, y así, cuando llegara tu santo, un año casi faltaba, habían prometido entre todos ayudarte para que te compraras un reloj, el primer reloj de tu vida, ¿qué habrá sido de aquel reloj?, ahora mismo ni lo sé, y el segundo regalo bonito que recibí también fue de la fuente, porque al despedirme don Jerónimo me dio cinco duros, y con aquellos cinco duros me compraron una caja de compases, que se puede decir que ha sido como la estrella de mi vida, porque si no fuera por el compás y los compases, por el cartabón y el tiralíneas, yo estaría ahora quién sabe si con un pico y una pala dentro de la mina, pero ya desde muy pequeño se me dio a mí muy bien esto del dibujo, y los mapas y las orlas, y de ello vivo.

Durante la guerra, si no llegué a general fue porque no me lo propuse, que más bien tiré a pasar camuflado como un lagarto entre los caquis matorrales, cosa nada fácil sin embargo, pero tú fuiste casi un mágico estratega en el arte de salvar la pelleja, y no sólo la propia, sino a menudo también la ajena, y todo fue sin darte apenas cuenta, como has hecho todas las cosas en tu vida, dejándote llevar, y sin oponer resistencia, que toda tu capacidad en la vida se ha reducido a evitar los choques, quién sabe si porque ya desde el principio se te gastaron todos los resortes de la voluntad, y las pocas energías que te quedaron las empleaste y usaste en adaptarte a la inesquivable supervivencia, sobre todo después de ver cómo fueron desapareciendo bobamente todos los tuyos en el espacio de tres años, comenzando por tus hermanos, víctimas de la violencia loca, luego tus tíos, incluso tu hermana, y la última tu madre, y sobre esta desolación tú tenías que ser, por lo visto, un gran apóstol, un misionero o si acaso obispo, que a eso se te había destinado desde siempre, a eso conducían las súplicas de tu madre acabada, a eso conducían los consejos y orientaciones de los Jesuitas que se metieron por medio, y tú eras el único que no tenía voz ni voto en la decisión, empresa la más heroica y difícil que se le puede presentar a un ser humano, ponerse sotanas y con ellas amortajar toda ilusión y hasta aquel primer amor que era tu secreto y tu silencio, y así, tú, creyéndote locamente enamorado, y quién sabe si precisamente por eso, y teniendo como excusa para ti mismo la presión familiar, tuviste que enrolarte en aquella quimera de vocación, en el fondo una fuga, otra fuga más en tu vida, una cobardía para no enfrentarte con la realidad que tu juventud y tu sexo te imponían, un fraude total, porque aquella entrega hipócrita y falsa al ciego misterio había de ser frustrada y vana, vana para todos, incluso para tu madre, exprimida ya como una fruta del paraíso, pero paraíso convertido en asilo y con la puerta abierta al cementerio, y entonces vino la ruptura total con todo, el caos y la soledad entre los hombres, y ya nada te importó, solitario como un faro entre rocas y espumas, y al mismo tiempo que te escapabas del seminario por una ventana, fuera te esperaba la milicia para llevarte al África como prófugo, y ella quería paz, y toda tu familia inexistente quería paz, la paz del cementerio que ya tenían, y lo más maravilloso era que tú tenías la paz, el único que tenía la paz, tu paz, eras tú, cosa que ellos no entendían, porque ellos siempre han vivido interiormente en guerra, guerra contra el cuerpo principalmente, guerra contra la naturaleza y contra el espíritu, y tú eras un producto típico de esa guerra, y ahora, desde tu paz desolada y confusa, una paz nacida de la derrota total, esa paz pasiva que quiere dejar que Dios abra surcos con su arado en las carnes del espíritu, pero sólo Él, en la desnuda soledad y en la renuncia total, ellos seguían queriendo hacer de ti un santo, qué santo desde la negación, la humillación y el desarraigo, qué santo podías ser a costa de la identidad, de la paz y de la aniquilación, un santo de palo únicamente, y cuando sólo quedó en ti el simple pellejo del cuerpo y un tibio soplo de alma, cuando todo recuerdo se hizo rostro extinguido y diálogo imposible, sólo entonces, tú, tú solo, sin destronar tu mito ni aborrecer la servidumbre de aquel amor, o al menos así te lo parecía, partiste hacia la lucha por la existencia inevitable, vacío y desmoralizado, sin ilusión y con total desprendimiento, y entraste en la vorágine del mundo, receloso y amargado, desconfiado y temeroso, sin querer saber nada del pasado, un pasado que sin embargo nunca podrías quitarte de encima, porque era carne de tu carne y soplo de tu aliento, fardo de tu alma y sueño de tus noches, y para evadir el bulto lo más posible, convertirías tu vida en un loco vagabundeo, inútil sensación de libertad, hasta venir a parar a esta quietud servil y burocrática, en la sala técnica de una fábrica, donde lo único que importa es cobrar a fin de mes, hacer los dibujos tan correcta como mecánicamente, cumplir cada vez con encargos más minuciosos, hasta perder algo más que la vista, hasta perder en cierta medida la noción del tiempo y del espacio, y así, cuando el padre Riquelme, con su gran experiencia, comprobó que yo naufragaba sólo por sobrevivir, es decir, cuando me vio suficientemente hundido en un insulismo total, con toda desfachatez y despotismo se sacó de la manga aquel viejo amigo de la casa para casarlo impunemente con la que había sido ídolo, o señuelo, o espejismo de mis amores adolescentes, componenda casera, inmolación total, que hay que ver la ciencia que tienen los barrocos hijos de san Ignacio para intervenir en todos estos arreglos caseros y castradores, herencia de conveniencias bien estudiadas, de acomodos, arreglos y secreteos, que para eso ellos son los administradores de los dones divinos, mundo tenebroso y solapado que dispone la paz y la guerra a discreción, y no sólo la paz de este mundo sino sobre todo en el otro, y menos mal que yo me cagué ya entonces y me volví a cagar después, en el tal padre Riquelme, que se hacía llamar padre espiritual de la muchacha, que tenía a toda la familia en un puño, que era el amo de sus conciencias, de sus decisiones y hasta de la bolsa de aquellas pobres gentes, y a mí quiso también domesticarme a distancia, pero no me dejé porque había descubierto ya el revés de la pamplina que hay detrás de estos endiosados directores de almas, sobre todo a través de las celosías del confesonario, y ellos se creen los repartidores de dicha y desdicha, salvación y condenación, y ellos se atreven a decirte que todo te sonreirá en la vida, igual que las gitanas de la buenaventura, si aceptas sus planes, pero que todo serán calamidades para ti y los tuyos si los rechazas, porque nosotros te trazamos, nosotros sabemos muy bien cuáles son los designios de Dios y también las previsiones de los hombres, nosotros lo sabemos todo, lo de arriba y lo de abajo, y claro que tú los mandaste a la mierda, y no te puedes quejar, sobre todo si te comparas con tus hermanos, que ni lo contaron, tu hermano Pascual, por ejemplo, y no digamos nada lo que le tocó en el lote a Manuel, dos pajarillos quemados en la sartén de la guerra civil, uno por arrojado y valiente, el otro por bueno, sentimental e ingenuo, cada uno en su hoyo y en distinto bando, algo difícil de creer, pero tampoco fueron los únicos, ni mucho menos, que en Hécula estos casos se dieron hasta entre padres e hijos, y el luto ya de siempre cotidiano en Hécula se hizo compacto y difuso, como una marea de betún sobre la cal de las paredes, y el silencio heculano, tan cercano siempre al suicidio, se enroscaba por aquellos tiempos en los pozos y en las cuevas, en los pajares y en las almazaras, y todo el pueblo escondido del horror, del propio horror, y Hécula nunca tan trágica, tan miserable y al mismo tiempo tan falsamente triunfante, y siendo tú el único superviviente de tu familia, caminabas por las calles como un fantasma de ti mismo, y un día tiré la pistola, y otro día el uniforme, y esto hacía feliz a tu madre, que daba por bien recibidas todas las muertes con tal de que tú, aleccionado por el drama colectivo y por el de la familia en particular, fueses capaz de irte a las misiones, o incluso a la clausura, después de enterrarlos a todos, que bien poco tendría que esperar para que ella también se apagara como un candil, y entonces fue cuando comprendiste, allí dentro, con dolor y escándalo, iluminado por tu inocencia y tu ingenuidad, la falsedad de aquella vocación que se te había obligado a seguir al lado de tu madre moribunda, mentira todo, mentira lo que le habían dicho a tu madre, mentira todo lo de aquella muchacha que tuviste que dejar, y que ahora mismo no sabrías decir si la soñaste o fue realidad, si fue un puro delirio de tus frustraciones adolescentes o fue de verdad un primero y único amor, porque no has querido más probaturas, y eso que dicen del primer amor, todo mentira, y te saliste del seminario vacío como un saco que se pone a andar por la calle, como una cáscara de hombre, y comenzó el engaño mayor, la mayor mentira de todas, la de ser un hombre más, un hombre libre que busca trabajo, que busca amigos, que busca..., que no sabe lo que busca, que busca acaso su propia dignidad, porque estaba claro que el noviciado, en mis condiciones personales, era denigrante, simplemente habías caído en la trampa, en la gran trampa, y menos mal que tú te agarraste a tiempo a tu liberación personal, puesto que la otra, la Liberación con mayúscula, había resultado una farsa, tú el primer farsante, y entonces fue cuando diste el paso de tu propia redención, la redención con minúscula también, que a mí que me dejen ya de cosas con mayúscula, que no me van, que yo busqué la redención que yo me podía dar a mí mismo, en la soledad de mí mismo, y a partir de entonces todo fue muy duro, lo tengo que reconocer, y qué triste y lamentable se te hizo, por ejemplo, volver al pueblo, fracasada la vocación, cuando en Hécula todavía corría un río de sangre sobre el páramo, y entre las moñigas de las caballerías y las cagarrutas de las cabras, podía verse la humedad enrojecida de la sangre, y según contaba todavía algún héroe de las matanzas, los cuerpos saltaban como conejos cuando les pegaban el tiro en la nuca, en los barrancos y en las laderas de las cuevas de arena que hay camino del cementerio, detrás del Santuario de la Virgen, porque eso sí, después de matar, los piadosos asesinos podían subirse con una botella de coñac en el bolsillo a cantar una Salve a la Virgen, y tú, con todo esto, al salir del noviciado quedaste como traumatizado, todo te parecía remoto, ni siquiera tus pisadas te parecían las tuyas, o no comías porque la boca se te ponía amarga, o comías con una avidez espantosa, como si te fueran a quitar la comida, y al recorrer las calles sentías un vacío y un vértigo alucinantes, como si tu conciencia se hubiera quedado repartida entre la guerra, el noviciado y aquel amor que efectivamente había hecho grietas en tu alma, y los parientes lejanos —que próximos no los había—, cuando te paraban, sólo te hablaban del hambre, un hambre que sólo al pronunciar la palabra te dejaba realmente hambriento, y la lengua se te ponía pastosa y seca y aunque llevabas los ojos abiertos apenas si veías algo o a alguien, y muchas veces recorrías medio pueblo hablando solo, es decir, hablando con ella, llamándola por teléfono mentalmente, figurándote que recibías alguna dulce respuesta, y los días en Hécula se sucedían sin darme cuenta y no dormir, y al llegar la noche me entraba una tristeza enorme y aunque bebiera unos vasos, había siempre una sed que no se extinguía, la pena del toro medio muerto pegado a las tablas, viendo nubes borrosas, y ni las palabras tenían sentido ni mis dedos tenían calor, sólo un temblor frío como si fuera a sufrir un desmayo, pero al abrir los ojos veía, fuera, que los santos quemados habían sido sustituidos por otros mucho más horrorosos, y las banderas se habían desplegado, y sobre las pilas de los muertos recientes se cantaban cánticos de victoria, y desfilaban marcialmente zagales con pantalón corto y camisa azul, y sobre el dolor de los pueblos se celebraban bodas y bautizos con gran aparato de orquestinas, y los bailes, después de la comilona, duraban toda la noche, y a ti la música te hacía hasta daño en los oídos, como si los instrumentos sonaran doble, de modo que no había manera de lograr un poco de silencio en mi mente, porque aquellas músicas y aquellos cánticos se me metían en los sesos, como se dice, y no me podía librar de oírlas a todo momento, y tenía miedo de volverme loco, y si me ponía a leer me asustaba de lo que leía, porque siempre venía a parar todo en lo mismo, sangre y más sangre, y el libro, la pluma, hasta las monedas, temblaban en mis manos, y cuando llegaba la noche ya sabía lo que me esperaba, lo peor de todo, el mismo sueño siempre, la puerta de una habitación que alguien cerraba y sellaba con lacre, y en el lacre unas letras, en el lacre rojo, rojo como la sangre, letras rojas, marcadas, profundas, y eran letras misteriosas porque las veía pero nunca sabía lo que querían decir, en todo caso eran unas letras que consumaban el abuso de poder, porque yo reflexionaba, era capaz de reflexionar, y llegaba a la conclusión de que lo que estaba sucediendo podía muy bien ser una pesadilla, y lo era, sé muy bien que lo era, pero de algún modo había sucedido realmente o podía suceder todavía, otras veces me machacaban las manos en un mortero, o me ataban a la campana más grande de la basílica y entonces la campana empezaba a girar locamente, cada vez más de prisa y yo gritaba sin que mis gritos fuesen oídos ni siquiera por mí mismo, y luego acababa por irme a llorar encima del pozo que había sido nuestro, aunque estaba irreconocible, todo cubierto de maleza, y entonces yo escuchaba la voz de mi madre como si saliera del pozo y esto me causaba una gran angustia, aunque no era una voz angustiosa ni mucho menos, sino su voz de siempre, serena, dulce, un poco ronca, como estaba ella siempre, pero el sufrimiento para mí era horrible porque, por más que prestaba atención, no podía de ninguna manera entender lo que decía, y ésta era mi tortura mayor, y también me molestaba que aquel sitio, antes tan familiar, tan risueño y florido, ahora olía bastante mal, porque los vecinos lo habían convertido en un espantoso muladar, en el que relucían los huesos entre los pellejos y las tiras sangrantes que se comían los cuervos, qué tiempos aquellos, y qué trastornos entronizados en toda mi persona, queriendo olvidar sin conseguirlo, y también soñaba por entonces mucho con toros bravos y toros mansos, y toros con lentes y con unos pitones afiladísimos, toros que predicaban sobre el orden y la armonía, toros que soltaban increíbles maldiciones y blasfemias, indomables toros que venían corriendo por la calle cuando tú ibas de la mano de tu madre o estabas metido en la cama, y los toros subían por las escaleras y husmeaban la colcha sigilosos y desconfiados, otras veces veía claramente a don Jerónimo, el todopoderoso señor de las aguas, sentado en su despacho con la lámpara a media luz, para no gastar demasiado, con una manta sobre las rodillas y cubriéndole los pies, para no consumir picón en el brasero, que de repente se levantaba y escondía el dinero debajo de las losas entre hojas de periódicos y luego, cuando estaba en esto, venía por la calle una manifestación y lo sorprendían tapando el agujero de debajo de la mesa, y a viva fuerza lo sacaban por la reja que daba al patio, y cuando ya se lo llevaban todo era negrura y gente encapuchada, y a veces la muchedumbre silenciosa iba hasta el cementerio y allí, entre bloques inmensos de mármol enterraban vivo a don Jerónimo, y a mí me había afectado mucho su muerte, y cada vez que ahora veo alguna moneda de dos reales o de peseta, incluso algún duro de plata, siempre instintivamente me acuerdo de don Jerónimo, que solía contarlos con mucha mesura y silencio, y las cifras apenas se señalaban en sus labios, aunque a veces de repente decía: «cien pesetas, doscientas pesetas» y entonces parecía increíble que de aquel hombrecillo tan delgado y tan tieso pudiera salir aquel vozarrón, cosa inaudita, como inaudita fue la maravilla de tu madre cuando dejó, desolada y desengañada, a los dos hermanos, al cura y al padre de los jesuitas, y surgió lo que surgió, que ahora lo contaré.

La primera vez que nos tocó salir zumbando de Hécula fue cuando las elecciones de febrero que ganó el Frente Popular, y no inmediatamente, sino pasados unos meses en que se produjeron sucesos luctuosos en distintas partes del país, y así, la primera salida nuestra fue tan precipitada, con el cura tío Cayetano por delante y tío Cirilo detrás, metiéndonos el resuello en el cuerpo a todos, y tía Matilde que repetía una y otra vez: «Ha llegado la hora del poder de las tinieblas», y mi madre, más serena y con mejor humor nos decía: «¿Pero es que vamos a apagar un fuego?», y sin embargo la cosa no era de broma ni mucho menos, porque de una manera sistemática y al mismo tiempo caprichosa, segaban una vida, y otra, y otra, habiendo entre la primera, que fue la de don Jerónimo, y las otras, un espacio engañador en que el gobierno, e incluso el pueblo, se las prometían felices, pero a la primera arremetida, que fue un desborde de entusiasmo con poca violencia, fue sucediendo una calculada táctica de caza humana, y si todos parecía que iban a ser el primero y el último, aquello se fue haciendo habitual y ya lo que se pensaba era a quién le tocaría al día siguiente, y ya iban apuntadas unas cuantas víctimas: un muchacho de los Tarsicios, con padres más bien republicanos; un guardia de asalto que estaba en la carretera cacheando a un gitano; el tabernero gordo y bizco; el cura grasiento y colorado, con granos en el cuello, que hablaba torcido; un señorito fascista que no había dado golpe en su vida y que había enseñado la pistola más de la cuenta; el hijo del teniente de la guardia civil, y en este momento de la lista, cayó el hijo de un maestro de escuela ateo, que había puesto un cartel diciendo: «Aquí se enseña que NO HAY DIOS», menudo golpe de los católicos, hasta dónde íbamos a llegar, que los hijos de Dios también tienen derecho a defenderse, y la gente del pueblo no terminaba de acostumbrarse a estas muertes, pero con todo la de don Jerónimo en un pozo de cal, por ser la primera, fue la que causó más impacto, y como este estado de persecución no sólo imperaba en Hécula sino en distintos pueblos del contorno, e incluso en la capital, nuestra salida resultaba ya casi un disparate, porque aquello no podía durar más, y era público que el ejército se iba a tirar a la calle, por eso, muy bien que hicimos en ahuecar el ala de los primeros, que había un síntoma de aviso y advertencia que no fallaba, y era la prisa con que en todas las casas trataban de disponer de algún arma para el amo de la casa, y luego las canciones que se cantaban, que terminaban ya siendo amenazadoras, y en los bares no había manera de saludarse más que con el brazo en alto al modo fascista o con el puño cerrado, y el ambiente estaba cargado de odio y esto se notaba en las ornacinas de los santos, que no iba quedando una sin romper, y aunque los padres Escolapios se habían mantenido un tanto al margen, alguno efectivamente capitaneaba un grupo de muchachos que se encerraban en el Círculo Católico, y una tarde, sin previo aviso, fueron hasta el colegio y como la mayoría de los frailes ya estaban repartidos en casas particulares, los fueron sacando de las casas y arrastrándolos en una fila escalofriante, y los llevaron hasta la cárcel, dándoles golpes y poniéndoles el pie para que se cayeran, y aquello sí que fue el signo de que había llegado la hora de escapar, pero ¿adónde ir que no hubiera manifestaciones con el puño levantado y encarcelamiento de los elementos derechistas?; al fin y al cabo nosotros teníamos un cura en la familia, y a tío Cirilo, que era peor que los curas, pero antes de salir corriendo como liebres perseguidas por los perros, recuerdo que estuvimos escondidos varios días en el pajar de una casa de campo cercana al pueblo, y allí nos llegaban las noticias, que todavía estaba fresca en la puerta de la posada la sangre de Pedrito, y que iban a quemar, a una señal convenida, todas las iglesias, y entonces el hijo de mi padrino, que era un señorito muy valiente y guapo al que habían de matar después, pasó recorriendo todo el pueblo en un coche descubierto y llevando una ametralladora, nada menos, y dejó acribillado a medio pueblo, pero no mató a ningún guardia de asalto ni a ningún socialista, que era lo que iba buscando, y para eso se había parado frente a la Casa del Pueblo, sin cesar de disparar, y cada día este juego de matar estaba más cerca, y la primera vez que salimos pitando ya era casi una broma; salimos hasta las afueras del pueblo en un carro y después ya en la carretera nos cogió la camioneta de Paco el de las Liendres, y ¿para qué volver la vista hacia atrás?, ahora sí que era verdad que habían pegado fuego a todas las iglesias, y con más saña que a ninguna a la ermita de San Cayetano, y en la noche toda Hécula era un coso de ascuas, de santos y altares ardiendo, y entonces yo me enteré de la muerte de don Jerónimo, que me habían ocultado antes, y fue precisamente en Pinilla donde, sin que los míos pudieran evitarlo, nos contaron con pelos y señales cómo don Jerónimo había sido echado al pozo de los tejares, y luego echaron encima cal y agua para que se quemara vivo, y también tiraron grandes piedras, porque no quisieron matarlo sino que se consumiera vivo poco a poco, ardiendo en la sed de todo un pueblo hecha fuego justiciero de cal viva, y mi madre quiso tapar la boca a los que hablaban, y ya después no hablaban de estas cosas delante de mí, pero yo, cuando veía a tío Cayetano acompañado de tío Cirilo como sacristán que se juntaban a rezar un responso ya sabía que otro había caído, y no fue tan fácil que nos colocáramos todos juntos, porque también se había venido tía Matilde a última hora, y tu madre apenas la dejaba hablar, porque era insoportable repitiendo las cosas, y ahora se veía claro que nuestra primera salida había de ser sólo un ensayo, que ahora la revolución ya estaba encima, aun cuando en Pinilla no pasaba nada todavía, pero la ola llegaría como a todas partes y tío Cayetano estaba tan contento dando continuas gracias a Dios, porque los principales dirigentes socialistas de Pinilla vinieron a decirle que no temiera nada, que ellos no hacían como los heculanos, que se podía hacer la revolución respetando a los que estaban engañados y no habían hecho daño a nadie, que todos recordaban que en los años que mi tío Cayetano había estado allí de cura se había portado como un cura del pueblo y para el pueblo, y hablaba con la gente humilde y alguna vez hasta había hecho gratis bodas o bautizos, y ahora quien quisiera hacerle daño tendría que enfrentarse con ellos, pero, como dije, la única preocupación que llevábamos encima era tía Matilde, que se nos había pegado, como siempre, en lenguaje de Rosa, porque en seguida comenzó a dar la tabarra, a veces parecía que estaba medio loca, o loca del todo, porque le había dado por rezar padrenuestros por don Jerónimo a todas horas y cuando los socialistas de Pinilla nos estaban prometiendo protección, ella comenzó a decir que Pinilla también tendría su castigo, porque allí había muchos espiritistas y masones, así mismo, y menos mal que nadie le hacía caso; pero de Pinilla tuvimos que salir también después de muchas probaturas, porque tío Cirilo se empeñó en que Murcia sería lo mejor, porque así estaría más cerca de su hija monja, que a lo mejor tenía que dejar el convento, «Dios no lo quiera», repetía una y otra vez, y cuando nos metimos en el trenecillo que iba hasta Ciriza, tía Matilde siguió con aquello de «Aplaca, Señor, tu justicia y tu rigor», y no nos dejaba en paz con sus rezos y jaculatorias, que parecía ella la encargada de aplacar al cielo o al infierno, lo que fuera, y al llegar a Ciriza mi tío acudió a la marquesa de C. y vaya suerte, ella tenía su anchísima casa donde nos podíamos colocar por unos días, un gran palacio con muebles antiguos, espejos dorados y grandes cortinones, y la marquesa era de lo más sencilla y hablaba con tu madre como si tal cosa, y tu madre se quedó tumbada en una mecedora —yo creo que la salud comenzaba a flaquearle— y cuando se despertó ya tía Matilde había agarrado aquel lamento por su cuenta y se repetía como una máquina: «Es que se han abierto las puertas del infierno», y como nos llegara a la hora de comer la noticia de que en Pinilla también habían matado al arcipreste Ortín Navarro, todos nos pusimos de rodillas y mientras tío Cayetano repetía una y otra vez: «Sagrado Corazón de Jesús, en Vos confío», tío Cirilo por su cuenta gritaba: «Fuego caerá de los cielos cuando se destape la ira santa del Señor», y cuando tu madre pidió una vez «por los sacrílegos que no saben lo que hacen» se movió una gran discusión, porque según tío Cirilo sí sabían muy bien lo que hacían y aunque hicieran penitencia el resto de sus días era posible que Dios no los perdonara nunca, y cuando supimos que en Hécula había ardido hasta la Virgen del Castillo, su patrona, ya no fue posible detener las voces de venganza de tío Cirilo, coreadas por tía Matilde, y desde luego el humo negro de los incendios de Hécula llegó a ennegrecer el cielo de Ciriza, y nos pasábamos las horas mirando por las ventanas de aquel cuarto inmenso del desván, lleno de muebles y alfombras, y lo más que veíamos era la muralla de verdes que precintaban el río, y tan pronto veíamos una columnita de humo de alguna fábrica ya estábamos pensando que habían comenzado en Ciriza los incendios, y al atardecer subió el marqués con dos criadas para acomodar un poco los colchones en aquel cuarto trastero donde cada uno íbamos a tener nuestro rincón, y se dieron mucha maña para colocar con hilos y cordeles todo un montante de sábanas y mantas que servían para salvar «la decencia cristiana», según frase de tío Cirilo repetida sin parar por tía Matilde, y el marqués estaba muy tranquilo y convencido de que toda aquella barbarie sería parada de un momento a otro por el ejército español, y luego que nos hubieron preparado las camas lo mejor que se podía, subieron las criadas con dos cestas de comida: pan, embutidos, queso y un montón de manzanas, y el marqués subió otra vez para que tío Cayetano bajara a bendecir la mesa y cenar con ellos, y él no quería pero fue tío Cirilo quien le ordenó, apelando a la virtud de la obediencia, que bajara, y cuando nos quedamos sin tío Cayetano, tía Matilde comenzó casi a delirar y decía que el cielo se abriría de un momento a otro con gran estruendo y después, como abejas de un panal, descenderían los ángeles de la cólera divina y no dejarían piedra sobre piedra, y yo me preguntaba por qué habíamos traído a tía Matilde, y tu madre la serenaba diciéndole: «No tientes a Dios, Matilde», pero ella, puesto que tío Cayetano había bajado a cenar con los marqueses, insistía diciendo: «Ni los niños de teta se salvarán», y la maniática testaruda te miraba a ti, que me acuerdo muy bien, y agregaba: «Esta raza está maldita, desde las criaturas recién nacidas», «No hables así, que Dios te puede castigar», le reprochaba tía Teresa, intentando parar el golpe de tío Cirilo que había quedado de caporal y que lo mismo rezaba por lo bajo, que dejaba escapar hondos suspiros, y entonces tía Matilde cambió de disco, porque empezó a quejarse de mareos y no sabía dónde irse a vomitar, y por ella descubrimos el retrete que había en la azotea, junto al palomar, y tío Cayetano, desde abajo, mandó dos pucheros, uno de café con leche y otro con tila, tila abundante para tía Matilde, y entonces tía Teresa insistió en que había que rezar por los señores marqueses como si fueran la divina providencia y tío Cirilo cantó las glorias de san Cayetano que nunca dejó a sus frailes sin cenar y una noche que no tenían nada, lo que se dice nada, bajó el Niño Jesús en carne y hueso a celebrar un festín con ellos, servido naturalmente, por los ángeles, bendito sea san Cayetano por los siglos de los siglos, amén, y entonces subió tío Cayetano, muy colorado y con un palillo en la boca y supimos por él que la noche no estaba tranquila y no por las turbas revolucionarias sino por una tormenta de piedra y electricidad que se estaba echando encima, y una vez dicho esto se puso a rezar sus horas en el breviario, para lo cual se colocó exactamente bajo el farol de aquella cámara que tenía por las paredes colgados y torcidos algunos cuadros viejos, y no todas las sillas tampoco estaban sanas, y mucho menos los sillones, pero todos estábamos más o menos ya acomodados, rendidos por el sueño, y fue entonces cuando en la misma ventana que daba a la terraza comenzaron unos gatos una pelea escandalosa, lo cual era, según tía Matilde, una señal de mal augurio, y, efectivamente, mirando por el ángulo de la ventana todo lo que se podía divisar, por encima del monte de enfrente y de la larga llanura de la derecha, todo lo que se veía era un cielo bajo, plomizo, tirando a negro, e igual sucedía con los otros ventanales, aunque el marqués nos había pedido que no nos asomáramos descaradamente por la fachada principal ya que enfrente estaba el local de los sindicatos obreros, y por eso andábamos medio escondidos de ventana en ventana, y todo lo que se veía era como el ala extendida de un cuervo fenomenal que avanzaba casi rozando los tejados y la arboleda del río y se curvaba por la fuerza furiosa del viento, un viento amenazante que parecía venir de la dirección de Hécula y Pinilla, y esto quería decir, según tía Matilde, que estábamos encañonados por las iras del Altísimo, y acaso ya era tarde para lanzar los gemidos de perdón, «perdona a tu pueblo, Señor», y tía Matilde, rezando el trisagio, se fue a un rincón y al cabo de unos minutos se había puesto toda enlutada como un féretro, tiesa como un huso, con los ojos febriles y la frente pálida y se colocó en el centro de aquella estancia, y parecía mucho más alta de lo que era, y para más truculencia se soltó el moño y tú oíste decir a tu madre por lo bajo: «Siempre tiene que hacer teatro», y para que la escena tuviera más dramatismo, gritó: «¿Y si esto fuera ya el fin del mundo?», y un trueno enorme, un trueno que era la cabeza de otros muchos truenos, desató la lluvia feroz y tía Matilde parecía contenta de convertirse en algo así como una sacerdotisa de la tormenta, y se subió a un sillón para protagonizar mejor la escena y gritó: «Oremos, porque es la hora de la justicia de Dios», y en esto entró tío Cayetano y al verla allí, con voz irritada la increpó diciendo: «Bájate ahora mismo de ahí, que estamos en casa ajena y no debemos alterar el silencio lo más mínimo», pero tía Matilde siguió de pie encima del sillón y se puso a pasar alocadamente cuentas del rosario, y como prosiguieran los fogonazos y los truenos, arreciaba en sus rezos, y la tormenta iba en aumento sacudiendo techos, puertas y ventanas con violentas ráfagas de lluvia, y ya cuando parecía que iba a arrancar los tabiques de aquella alta cámara, tía Matilde, como si gozara en su anuncio, gritaba: «¡Esto es el fin del mundo!», y lo repetía infinidad de veces, todo lo cual ponía muy nerviosa a mi madre, pero la loca de tía Matilde no hacía caso de nada y seguía gritando, y a mí en realidad siempre tía Matilde me había producido risa con sus extrañas salidas, pero aquella noche, fuese porque la tormenta llevaba camino de hundirnos a todos, a lo cual es posible que contribuyera el encontrarnos en un piso alto y deconocido, más bien me iba produciendo miedo, a lo que contribuyeron también el llanto de Rosa, el apagón de la luz y los gritos que se escuchaban por los patios de las casas, y los hombres que corrían por la estrecha calle, a veces tirando de caballerías a fuerza de blasfemias, todas estas circunstancias hicieron que me arrimara, cuanto más podía, a mi madre y me alejara de tía Matilde porque era ella, sin duda, o parecía serlo, la que desencadenaba aquellas cegadoras chispas eléctricas y aquellos truenos, que parecía que se estaban hundiendo los cimientos del globo terráqueo, y cuando de vez en cuando yo aplicaba los oídos a los amplios ventanales siempre escuchaba el restallar del látigo de los muleros y sus airadas blasfemias, y por las rendijas de la madera se colaba la iluminación feroz de los rayos que incluso hacían que por un instante nos viéramos unos a otros como si fuera de día dentro de aquella caótica habitación, y una vez que intenté abrir la ventana vi que la montaña de enfrente se iluminaba hasta sus picos más altos y que el trueno retumbaba en la cuenca del río, que seguramente amenazaba con salirse de madre, y en ese momento tío Cirilo me dio un golpe en la cabeza con el libro que tenía entre las manos, que era la «Imitación de Cristo», y mi madre entonces le gritó: «Al zagal, si hay que pegarle, tengo que ser yo», y como tío Cayetano saliera diciendo que yo era un desobediente, mi madre replicó que ella consentía todo menos que me pegaran en la cabeza y que el que tuviera la mano larga que se la cortara si era menester, y tía Matilde comenzó a decir: «Que se la corte, que se la corte, hay que cortársela», hasta que tío Cirilo dijo fuera de sí: «O te callas o te tapo la boca con el chal», y tía Matilde, que oyó esto, comenzó a gritar en el colmo de su ataque: «Me quieren ahogar, me quieren ahogar...», pero aún no había entrado en el final de su creciente chifladura cuya apoteosis llegaría cuando se quitara su chal y después de mucho revolverse detrás del asiento apareció vestida con camisón blanco que le arrastraba a pesar de lo larga que era, y siguió rebuscando dentro de su bolsa, hasta que encontró una campanilla, la campanilla de san Pascual que ella llevaba siempre consigo y que sirve para tener una buena agonía, al menos según dicen, y determinadas almas escuchan la campana como aviso de que van a morir y eso les permite ponerse a bien con Dios, y tocó repetidas veces la campana y entonces subió asustada la criada de los marqueses y tía Matilde estuvo discutiendo con ella por lo bajo, hasta que por fin la vimos con una vela encendida levantada en alto y recorría así la catastrófica estancia, y no contenta con darse un paseo, empezó a subirse por encima de los muebles con peligro de romperse algo, y Rosa no hacía más que decir: «¿Por qué la habremos traído?», a lo que tío Cayetano respondió: «Las mocosas se callan», y fue tu madre la que agarró de la mano a tía Matilde y le dijo: «¿Por qué no te estás quieta en un sitio, como estamos los demás?», a lo que tía Matilde respondió: «Yo huelo los castigos del cielo y ésta no es una tormenta cualquiera», y seguiría con sus aciagos avisos, llevando la vela encendida y diciendo: «Nos vamos a acordar mientras vivamos, que será sólo un instante», y todo parecía darle la razón pues pudimos descubrir que sobre Ciriza no había una sola tormenta sino dos o tres por lo menos, y cada una por un lado, una encima del monte, otra sobre las casas, otra sobre el revoltijo del río y quizás alguna estaba debajo de la tierra y así se explicaba que el pedrisco cayera junto al fuego, y tía Matilde a cada momento aparecía más triunfal y gloriosa y hasta la atmósfera se diría que estaba abrasada y enrojecida para proporcionar a tía Matilde un ambiente adecuado, y ella abría los brazos y exclamaba: «Pobres pecadores, ya veis la mancha roja sobre vuestras cabezas...», y tío Cayetano hacía esfuerzos por rezar el breviario y no podía, y tío Cirilo con la capa puesta, moviéndose de allá para acá, parecía un murciélago que quisiera pegarse en las esquinas de los maderos, pero yo creo que la que tenía más miedo era Rosa y a mí me tenía apretado contra sí, entonces me di cuenta de sus incipientes senos y yo temblaba con el temblor de Rosa y todos temblábamos en aquel desván destartalado, pero no sé qué dijo tía Teresa de la revolución, que hizo saltar a tía Matilde en un ataque de nervios, citando a don Jerónimo, a la Purísima Concepción, a la guardia civil y a los socialistas de la Casa del Pueblo, y se puso a chillar como si la estuvieran martirizando en medio de extrañas posiciones, que lo mismo estaba de rodillas, que de pie, que tumbada, y murmuraba por lo bajo: «Ay, Virgencita mía, ¿cuándo terminará este fin del mundo?», y ella misma se respondía:

98

«El fin del mundo no tiene fin», y luego se quería asomar a la terraza, y luchaba por abrir las maderas, y tía Teresa y mi madre se lo impedían y aquello tenía algo de risa dentro del dramatismo, porque tu madre le dijo: «Matilde, o te estás quieta o te pego una torta», y tía Matilde entonces comenzó a llorar desconsoladamente y decía: «Virgen del Castillo, dicen que me van a pegar porque digo la verdad, y es verdad que la sangre sólo puede lavarse con sangre», y la palabra sangre sacó de sus casillas a tío Cayetano y puesto de pie con toda su autoridad sacerdotal, un poco irrisoria, por ir vestido como iba vestido, que parecía un quincallero jubilado, dijo: «¡Matilde, Matilde, cállate por lo que más quieras!», y tu madre, que a la fuerza la había arrancado de la puerta que daba a la terreza, nos decía a todos, para que tía Matilde lo oyera: «Siempre hizo lo que le dio la gana, siempre tuvo algo de cómica, y aunque la cosa no sea para reír, sino para llorar, aquí estamos que ni rezamos ni aplacamos el rigor de Dios», y en este momento se incendió el cuarto entero y estalló rotundamente la bóveda del cielo y la frase de tu madre pidiendo oraciones ya llegaba tarde, porque todos estábamos diciendo cosas que parecían oraciones pero eran expresiones incoherentes y mutiladas por el terror, y para colmo en un rincón de aquella cámara se sentía caer agua, una gotera que podía ser el principio de la cadena de otras troneras más gordas, y la vela que tenía tío Cayetano se apagó y quería que yo bajara por otra vela, pero a mí me daba miedo y dije que bajara Rosa, que me daba vergüenza hablar con los marqueses, y ahora tía Matilde, con su camisón blanco, despeinada, la vela en la mano izquierda y en la derecha la campanilla, recorría la estancia saltando por entre los bultos: «Tengo miedo por ella», dijo tío Cayetano, a lo que tío Cirilo respondió: «Hay que apretarle las clavijas», «¡Qué vergüenza, qué vergüenza», repetía tu madre y añadía: «Y más en casa ajena, ¿qué dirían los marqueses si la vieran...» pero lo peor de todo era que la tormenta no se iba, sino que más bien parecía haberse anudado al cerro cercano o a la veleta de la iglesia, y cada vez que abríamos los ojos después de una súbita iluminación, la estampa de tía Matilde parecía la extraña figura de un teatro absurdo, y en seguida le dio de nuevo por querer salir a la terraza y como la terraza estaba cerrada y la llave la tenía tío Cirilo en el bolsillo, se acurrucó como enfadada debajo de uno de los ventanales y de vez en cuando miraba por una ranura y comenzó a delirar muy por lo bajo diciendo que había un hombre parado en la esquina, con un cuchillo muy grande en la mano, y mi madre me dijo que me acercara yo para ver si era verdad, y en la calle no se veía otra cosa que un telón cerrado de lluvia y de segundo en segundo las descargas eléctricas que descubrían los tejados y los corrales vecinos, pero a tía Matilde no se la podía tocar, estaba como electrizada, toda tensa y con unas crispaciones horribles y así se lo dije a mi madre, que se acercó a ella diciéndole: «Matildica, tú me vas a hacer caso y te vas a venir conmigo a descansar un poco en un colchón», pero ella con voz muy dócil y sumisa dijo que ahora no podía ser, que mientras cayeran rayos, mientras la tierra siguiera temblando y no saliera el sol, ella no se movería de aquella ventana y su voz era acongojada y preocupante, cada vez más débil, y tío Cirilo amenazaba con devolverla al pueblo tan pronto pasara la tormenta, y exclamó: «¡Qué cruces nos echa Dios encima», y «No te quejes, no te quejes», le gritó tío Cayetano, y así siguieron un rato culpándose y disculpándose mientras seguían las atroces luminarias de los relámpagos, y el cavernoso rodar de los truenos, y el galopar furioso de la lluvia seguía dando en la fachada y en el suelo de la terraza, y fue entonces cuando tú pudiste poco a poco darte cuenta de las cosas que había en aquella estrambótica habitación, pues había además de herramientas del campo y del equipo de caza, algunos retratos grandes de antepasados vestidos de militares, todo muy viejo y arruinado, pero tía Matilde, como decía tu madre, se había propuesto tenernos en vilo, y lo mismo se tocaba las sienes, diciendo: «Ay, lo que siento», que extendía las manos obsesivamente como buscando algo y yo en vez de llorar como Rosa, me metí debajo de un capote pardo de los de ir al campo o de caza, y el susurro de rezos de tía Teresa casi me hacía dormirme, y por qué teníamos que estar huyendo, me preguntaba, y más cosas, porque todo aquello causaba en mí una extraña lucidez, como si también en mi mente explotaran relámpagos de claridad, y me sentía como ajeno a toda la escena, como si por primera vez fuera capaz de analizar fríamente la realidad de mi familia, y la culpa era de tía Matilde, venga a chillar cosas terribles, venga a pasearse con la vela en alto, de modo que su figura era completamente fantasmal, y yo sentía miedo, miedo de verdad, y no sólo de la tormenta, sino de tía Matilde, de las cosas que decía, que si los muertos iban a salir de sus nichos, vaya si saldrían, y tío Cirilo por lo bajo: «Va a haber que atarle la lengua a ésta», pero había como una complicidad en todos ellos, algo como un secreto terrible en el que yo no participaba, porque yo, en primer lugar, no sabía por qué teníamos que estar allí, por qué andábamos huidos, y en esta complicidad entraban también los marqueses, por supuesto, pero yo no entraba, eso estaba claro, acaso era por la religión, porque tío Cayetano era cura y tío Cirilo era un carca de espanto, conocido en todo el pueblo como el guardador de la moral y la religión hasta por encima de los curas, que él era más papista que los curas cien veces, o se debe decir «más papista que el Papa», pero entonces la religión, ¿era algo malo, o era algo tan bueno que había que merecerlo sufriendo intensamente, pasando miedo, mucho miedo, sufriendo persecución?, y en este caso, ¿estábamos nosotros, en aquel momento, sufriendo persecución, como los mártires de los libros?, ¿o estábamos simplemente haciendo el ridículo, como tía Matilde?, porque tía Matilde estaba loca, eso estaba claro, pero no siempre estaba claro para ti en aquellos momentos, que cada vez que estaballan los relámpagos, tú mismo pensabas que aquella tormenta era un castigo, un castigo para todos nosotros, una tormenta que había estallado allí sobre nuestras cabezas y que, de un momento a otro, como decía tía Matilde, iba a ser «el fin del mundo», por lo menos iba a ser el final de todos nosotros, porque un rayo iba a caer sobre nuestras cabezas allí mismo, y qué paradoja, íbamos a morir todos en aquella habitación extraña, llena de trastos y de cuadros torcidos por las paredes, sin cantos de auroros y sin sábanas bordadas de agonía, y tío Cirilo, que parecía ser en el pueblo el organizador de todas las agonías y el celador de todas las muertes, estaba ahora allí, acoquinado como todos, pasando rápidamente las cuentas del rosario, sentado en el borde de un sillón desvencijado, esperando, como todos, el justiciero castigo de los cielos enfurecidos, pero por qué, por qué, me preguntaba yo, y entonces sentía como un mareo, y no podía pensar mucho porque sabía que me desmayaría, y cuando me pasaba esto me iba corriendo a la ventana, buscando un asidero en la realidad exterior, y allí estaba la calle, con el agua que bajaba como una manada de caballos salvajes piafando, barriendo el suelo con sus largas colas de espuma, y entre las aguas se veían bultos misteriosos, y de pronto vi que todos se acercaban a tía Matilde preocupados, porque ella estaba rezando de rodillas, pero sus rezos eran ininteligibles, porque le castañeteaban los dientes, y tenía los ojos desorbitados y temblaba todo su cuerpo de frío, y empezó a asustarnos, «lo que faltaba», dijo Rosa conmovida, y mi madre se acercó a ella y le puso la mano en la frente y se la pasaba suavemente por·la cabeza repetidas veces, y cuando venía el fogonazo de luz de alguna chispa se la veía sudar copiosamente, y la tormenta en vez de parar iba en aumento, porque ahora el viento y la lluvia azotaban los muros y hacían del techo del desván un tambor trágico, y también los ramalazos del viento y la tunda del pedrisco fingían alaridos de almas en pena, y ciertamente esta tormenta no era una tormenta más sino el cúmulo de muchas tormentas, amontonadas tormentas de muchos años, quizá de siglos, no teníamos referencia posible, y por eso las palabras lluvia torrencial o fuerte granizada o tormenta de verano no servían, y cada vez nos inclinábamos más, no ya por los gestos y palabras de tía Matilde sino por nosotros mismos, a tomar aquello como un indicio de exterminio lanzado por las nubes, el viento, el agua, y también el fuego, y todo ello estaba barriendo el pueblo de Ciriza de parte a parte y probablemente tía Matilde estaba en lo cierto cuando decía: «Es el fin del mundo, es el fin del mundo», y también decía: «Ya hablaremos, ya hablaremos, si podemos hablar», pero ya nadie le hacía caso, menos yo, y tío Cirilo besaba el crucifijo que llevaba al cuello cada vez que estallaba el latigazo de un relámpago, pero tía Teresa, queriendo, como siempre, poner paz y calma, dijo de pronto: «Ya se va, ya se va...», a lo cual tía Matilde se revolvió como si fuera la vidente máxima de aquella situación y gritó: «No lo creáis, se va, sí, pero volverá, volverá y será el fin», porque ella parecía estar en el secreto de todo, pero sobre todo en el secreto de la tormenta, y ahora se había sentado en un pomposo sillón cojo y desnivelado y esto le permitía mecerse como traviesamente al ritmo de la lluvia y del fragor de la tormenta, como si estuviera conectada físicamente con todo el aparato eléctrico que se desataba entre las nubes, que siempre tía Matilde se había excitado con las tormentas y había adoptado una especie de papel mágico en ocasiones como ésta, y era por lo que a mí me daba miedo, y a veces yo me tocaba la cara y me la encontraba demasiado fría y como chupada y tenía miedo de estar enfermo yo también, y entonces procuraba esconderme para que no me viera mi madre, y lo peor ya fue cuando Rosa, curioseando en el espacioso desván, se fue hacia una puerta que había al final de la escalera y la abrió curiosona, y en seguida la cerró estrepitosamente porque allí había una gata recién parida que maullaba seguramente famélica, tendida entre trapos y pajas, y rodeada de una cría de gatitos todos negros, y entonces tía Teresa se acercó muy tierna diciendo: «Pobrecita, y lo calladita que estaba», y tu madre se acercó también con un trozo de pan y se puso a echar migas a los gatitos, pero tía Matilde se excitó de tal manera con esto que empezó a gritar diciendo que dejaran en paz a la gata, que una gata negra tenía que traernos mala suerte por fuerza, y más en momentos como éstos, «lo que faltaba, lo que faltaba», repetía mesándose los cabellos, y tío Cirilo saltó también para gritarle: «Supersticiosa del diablo, cállate ya», y aún no había acabado de decir esto tío Cirilo cuando descargó la tormenta como si fuera de día, y me pareció que todos nuestros rostros estaban lívidos, desencajados, y sería por eso que a tía Matilde le dio por fin el ataque que todos estábamos temiendo, saltó del sillón donde se balanceaba y comenzó a agitarse en convulsiones horribles y ni entre todos podíamos sujetarla, y una criada de los marqueses subió a ver qué pasaba y se bajó corriendo y diciendo que iba a hacer tila, tila para todos, y efectivamente subió al rato con un gran cacharro de tila, y fue como un respiro porque a tío Cirilo le entró como una euforia y decía: «Todos a tomar tila, y Matilde la primera», y él mismo comenzó a sorber de su taza con ruido y fruición, soplando primero fuertemente, porque estaba ardiendo, y todos recogíamos nuestra taza como si fuera el asa de salvación, y hasta tía Matilde pareció esperar algo nuevo de la tila, porque se dejó incorporar y muy sumisa aceptó su taza, y parecía más calmada, aunque entre sorbo y sorbo repetía: «De ésta no salimos, de ésta no salimos», y todos creíamos que había olvidado a la gata y los gatitos, pero es que tía Matilde realmente estaba más loca de lo que todos queríamos creer, por más que tu madre dijera que todo era comedia, y algo había de comedia, pero en seguida hubo que sujetarla otra ver porque quería ir a tirar los gatitos por la ventana, sin más contemplaciones, pero rápidamente tu madre empezó a amontonar muebles delante de la puerta donde se amparaban los gatos, y Rosa se puso allí como de guardia, y hasta miraba a tía Matilde con cara de repugnancia que se hacía más dura a la luz de los relámpagos, pero tía Matilde era maestra en el arte de cambiar y entretener y así, de pronto, le dio por poner su dedo sobre los labios pidiendo silencio a todos, y de verdad que el agua caía ahora con tanta fuerza que parecía que navegáramos todos dentro de un tambor arrastrado por las aguas, y tía Matilde empezó a gritar: «Lo veis, lo veis, es el diluvio, otro diluvio universal, porque el mundo necesita castigo, castigo, castigo...» y repetía esta palabra cada vez con más fuerza, y estaba terriblemente excitada, pero yo creo que todos habían respirado un poco tranquilos al ver que se había olvidado de los gatos, y seguía gritando: «Estamos atrapados, atrapados», y caía de rodillas, y tío Cayetano seguía pasando las cuentas del rosario y tío Cirilo besaba su crucifijo, y tú pensaste, recuérdalo bien, que efectivamente estábamos atrapados, toda la familia, sin saber por qué ni con qué objeto, y empezaste a pensar si no sería el fin, un fin merecido, inevitable, puesto que éramos una familia de bufones siniestros, payasos de la muerte, todos irrisorios, como las caras de la cornisa de la iglesia de Hécula, la tortura confundida con la risa macabra, el terror con la burla, la penitencia con la sensualidad desenfrenada, filosofía heculana de aspaviento y mueca, como quien chupara retama por gusto y masoquismo, carcajada intempestiva que termina en los guiños del llanto, y acaso por todo ésto estábamos allí ahora, atrapados, sí, atrapados, pero ¿quién nos había conducido allí sino nosotros mismos?, peregrinos del miedo y de la locura familiar, de nosotros mismos era de quien huíamos, de nuestra propia angustia exacerbada por una angustia colectiva, y quizás tenía que ser nuestra familia, nuestra pintoresca familia, la que debería sufrir un castigo ejemplar, y por eso no saldríamos más de allí, de aquel desván insufrible, convertido en navecilla de terrores por la lluvia implacable, por los truenos horrísonos y las chispas cegadoras, y como si tía Matilde pudiera haber seguido la línea de mis pensamientos, se levantó de pronto otra vez, llevando la palmatoria con la vela encendida en la mano y en alto, y preguntó mirándonos a todos con ojos de perturbada total: «Pero, ¿qué hacemos aquí? Vámonos a Hécula», lo cual puso a todos otra vez en vilo, mira en qué habían acabado ahora todos los avisos apocalípticos, pero ella gritaba «vámonos, vámonos», y entonces tío Cirilo, ya harto, le replicó: «Vete tú, si quieres», pero tu madre otra vez temió que la cosa acabara en escandalera, estando en una casa tan respetable, y entonces empezó a calmar a tía Matilde, que estaba claro que no sabía ni lo que decía ni lo que quería, para desesperación de todos, y a mí, a todo esto, recuerdo que me entró una soñarrera que me dominó por unos momentos y no sé si fueron mis sueños o mi pensamiento consciente los que me llevaron de nuevo a pensar en el pobre don Jerónimo, ahogado dentro de un pozo sin agua, y este pensamiento casi me daba risa ahora, en medio de este diluvio, agua por todas partes, que hasta parecía que el agua menuda, menuda, como tamizada se metía a través de las paredes y todos nos sentíamos empapados en agua, sensación que procedía simplemente del tamborileo furioso de los goterones sobre nuestras cabezas, y el pobre don Jerónimo que había sido el guardador celoso y avariento del agua de nuestro pueblo, el administrador de la sed de Hécula, pueblo, en aquel entonces, de pozos secos y llenos de maleza, y ahora el pueblo en vez de agua pedía revolución, justicia, cabezas por el suelo, sangre, y estas voces revolucionarias parecían bañadas en cal y salitre, en odio y en hambre, que los campesinos habían dejado la viña, el olivo y el pasto, la almazara y la bodega, y andaban desparramados por el pueblo con caras afiladas por los muchos años de sed y de necesidad, y sobre todo de sed de justicia, que yo recordaba aquella manifestación de hombres de blusa negra y pantalón de pana, avanzando entre una nube de polvo calizo, pidiendo el caudal de la abundancia, pidiendo no sólo agua, agua gratis, sino jornales y pan, que quién inventó la acequia para luego dejarla dormida en su lecho reseco, y quién inventó el arado para hacerlo instrumento estéril sobre el surco pedregoso, y quién inventó el trabajo para hacerlo castigo de los más y sólo provecho de unos pocos, y todo esto llega un momento en que revienta como revienta la granada con los soles de julio, y yo cuando me desperté de esta pesadilla de cal y ceniza me encontré con la cara de tía Matilde que estaba tan pálida que también parecía espolvoreada de cal, y quizás todos iríamos a parar a un pozo de cal viva como don Jerónimo, o arrastrados por la corriente turbulenta del río desbordado, que ya se oían las caracolas de los campesinos de Ciriza anunciadoras de que el lecho del Segura se salía de madre, y aquellas caracolas gemebundas las tengo aún en los oídos, por lo que representaban, las gentes abandonando sus casas en medio de la tormenta, y todo el pueblo arrasado por la inundación inminente, y quizás era verdad que otro diluvio estaba siendo enviado por el Altísimo, y nuestro desván podía ser el Arca de Noé, pero no, no sólo porque allí no había más animales que una gata parturienta, sino también porque nosotros no seríamos salvados, porque quizás éramos los más culpables, por más que tío Cirilo y tío Cayetano rezaran y pronunciaran jaculatorias a dúo: «Las puertas del infierno no prevalecerán», decía tío Cirilo, y tío Cayetano remataba: «*Non praevalebunt*» que para eso él era el cura y había estudiado latín, aunque en aquel momento tío Cirilo parecía el cura y tío Cayetano el sacristán, y quizás por eso, pienso yo, acudía al latín, para no perder del todo la superioridad ante la familia, y tu madre se atrevió entonces a pedir silencio para no excitar más a tía Matilde, pero los dos hermanos sagrados, al unísono de una misma indignación, le gritaron que la que debía callar era ella, que ya estaba bien de irreverencias, y menos mal que sus palabras fueron seguidas de dos sacudidas cegadoras de relámpagos y de las descargas de los truenos que vinieron a demostrarnos que la tormenta, lejos de irse, se acercaba sobre nuestras propias cabezas, daba zarpazos horrendos sobre el pueblo despavorido, como un animal fiero dispuesto a despedazar la corteza terrestre, y a estos truenos siguieron otros cada vez más seguidos, cada vez más cercanos, seguramente la tormenta se había enredado en la torre de la iglesia de Santiago y no podía desliarse, y efectivamente yo me asomé a una ventana y vi que la torre estaba toda tapada como por un manto de lumbre que brillaba a ratos, y todos los tejados y terrazas tenían encima ese color rojizo, como si en el cielo se hubiera establecido una permanente fogata de relámpagos, y si en algún instante desaparecía lo rojizo para instalarse la oscuridad en torno, se veía todo traspasado por las flechas de la lluvia, otro manto pero de agua, y el agua también tenía a ratos el mismo color rojizo, y acaso terminaría todo en una lluvia de lodo y ceniza, y estaba claro que aquello no era lo de siempre, y comenzaron a escucharse voces gruesas que parecían salir de las canaleras o de las tuberías, voces desesperadas, airadas, mezcladas también con lamentos, y todo ello lograba apagar la voz de tía Matilde, que se iba adelgazando y suavizando por momentos, como si le faltaran las fuerzas, como si estuviera agotada, aunque no cesaba de hablar, como si tratara de convencerse a sí misma: «Esta vez el de arriba está enfadado de veras, que esto es el fin del mundo», y a Rosa le dio por llorar, y yo también sentía ganas de llorar pero era como si mis ojos, mis párpados, estuvieran secos, y yo notaba que mis ojos estaban enormemente abiertos, pero secos, casi me hacían daño, porque sin darme cuenta estaba haciendo un esfuerzo enorme por mantenerlos abiertos, bien abiertos, porque no quería perderme los resplandores de la tormenta, los mínimos efectos de todo aquel aparatoso desplome de fuego y agua, y recuerdo muy bien que pensaba en la muerte, porque tía Matilde nos hacía pensar a todos en la muerte: «El fin del mundo, el fin del mundo»; ¿y cómo sería el fin del mundo?, sería este espantoso rugir de cielos y paredes, este retemblar de la tierra y el miedo de las personas, el miedo de tía Matilde, porque ella tenía miedo, miedo a morir seguramente, todos teníamos miedo a morir, ¿por qué?, ¿por qué?, y este desván sacudido entre fogonazos y sombras era ya como una muerte anticipada, tenía algo de panteón desvencijado y castigador, un castigo seguramente merecido por toda la familia, y por eso la tormenta nos estaba reuniendo, escarneciendo allí a todos juntos, acabaríamos odiándonos, el peor de los castigos, de momento ya no nos soportábamos, y tío Cirilo y tío Cayetano miraban a la loca de tía Matilde como si fueran a fulminarla, mientras ella seguía impertérrita diciendo palabras incoherentes y terribles, de rodillas y con las manos juntas repetía: «Dios justiciero, Dios justiciero», y yo sabía muy bien cuáles eran mis pecados, pero, ¿cuáles podían ser los de tu madre, los de tío Cayetano mismo?, ¿o es que sería pecado cuidar de san Cayetano, poner aceite, en su lamparilla, cuidar de que estuvieran almidonadas y limpias las sabanillas del altar, si san Cayetano era un santo popular en Hécula, un santo que llevaba una camisilla corta con puntillas y al Niño Jesús en brazos, y rara sería la casa que no tuviera su estampa o su imagen detrás de la puerta o encima de la tapa del amasador? ¿O es que sería pecado pasar el cepillo en la misa de doce los domingos, como era seguramente pecado recoger la sucia calderilla en una caja de hierro a cambio de llenar los botijos de la sed de todo un pueblo? «Justiciero, justiciero», seguía repitiendo tía Matilde, y a mí ya me hacían daño en los oídos sus palabras, y cada vez que los rayos estremecían el pavimento de los cielos ella se ponía a rezar atolondradamente, y se perdía y comenzaba de nuevo, mientras el agua bajaba ya en torrentera por las calles que parecían ríos desbordados.

De pronto, apareció de nuevo el marqués en el dintel de la puerta, un hombretón muy alto y un poco encorvado, y como llevaba una linterna en la mano, su luz hacía más larga y más blanca su escasa perilla, pero era un apuesto señor, con aire bondadoso y elegante, parecía tener cierta rigidez en el cuello y esto mismo lo hacía más respetable, y como era tan alto parecía inclinarse para poner la mano en el hombro paternalmente a tío Cayetano, pero a tío Cirilo no le hizo ningún gesto especial, yo diría que no le hizo ni caso, y en cambio estuvo muy cariñoso con tu madre mientras hacía como que no veía a tía Matilde, y «haya paz, no pasa nada, ya verán, esto está a punto de despejar...», pero tía Matilde, desde su rincón, faltando a todas las normas más elementales, se volvió hacia el grupo para gritarnos a todos, como una verdadera loca: «No le hagáis caso, quiere engañarnos, quiere engañarnos», y los ojos se le salían de las órbitas, y tío Cirilo la miró como para triturarla con la mirada, y yo temí que le diera una bofetada, pero el marqués mostró una gran comprensión y hasta dulzura, y hasta a ti te dio una palmadita en la mejilla, y sus manos eran frías y suaves, y en seguida, cuando mi madre le preguntó por «la señora», dijo que su mujer estaba también muerta de miedo y que se había encerrado en su cuarto, con la cocinera, para rezar, y tío Cayetano y tío Cirilo y tía Teresa y Rosa rodeaban al marqués diciendo «gracias, gracias», pero él sabía cambiar la conversación para apartar aquella gratitud abrumadora y dijo que lo malo era el campo, los árboles, que estaban siendo descuajados de raíz, las viñas, todo un año esperando la cosecha, para esto, y tu familia parecía ajena a la desgracia de los campos y sólo atenta a la gratitud: «Dios se lo pagará», «todo lo que hace por nosotros», «gracias, gracias», y yo ya sentía vergüenza ajena, porque no hay que dar las gracias tantas veces, sólo tía Matilde permanecía hosca, repitiendo: «El fin del mundo, esto no se acaba, no», y lo peor fue cuando, delante del marqués y sin desprenderse de su campanilla, que la puso delante con mucho cuidado, se echó sobre su cesta de comida, de donde sacó pan, queso y chocolate y, alejada del grupo, como para que no le pidieran nada, se puso a comer con un ansia enorme, como un animal cuando teme que le quiten la presa de entre las garras, y entre bocado y bocado repetía: «De ésta no salimos», «de ésta no salimos», y volvía a comer desaforadamente, y contrastaban sus palabras con las ganas y las prisas con que comía, y entonces don Jacobo, el marqués, hizo un gesto de enorme comprensión y sonreía muy amablemente, y dándome a mí otro pellizco en la mejilla, enfiló su linterna hacía la escalera y descendió haciéndonos un gesto de espera y confianza con la mano, y tío Cirilo, que estaba furioso con el comportamiento de tía Matilde, en cuanto dejaron de oírse los pasos del marqués, se acercó a ella y le atizó una bofetada que sonó siniestramente, porque fue seguida de un nuevo rataplán de la tormenta que nos dejó a todos paralizados, y tía Matilde entonces, llevándose la mano a la mejilla, pero sin dejar de masticar, empezó a gritar: «Me ha pegado, me ha pegado», y a todos nos dio pena, mientras tío Cirilo gritaba por su parte: «A ver si te estás quieta de una vez, a ver si tienes más educación», pero, dígase lo que se diga, yo me acuerdo muy bien, en aquellos momentos todo parecía dar la razón a la locura de tía Matilde, porque la tormenta parecía recomenzar de nuevo a cada minuto que pasaba, o se trataba de varias tormentas consecutivas, que venían una tras otra pisándose los truenos unas a otras, una procesión de truenos cada vez más agresivos, cada vez más horrísonos, y tía Matilde era la única que parecía gozar con la reanimación de la tormenta o cada vez que se nos venía encima una nueva, y su rostro cobraba una iluminación especial cada vez que los azotes de fuego se colaban en el desván, y a veces tampoco se sabía si lloraba o reía, pero sus ojos brillaban y sus dientes crujían, y no dejaba de comer, hasta que de pronto empezó a llorar claramente a gritos porque había olvidado la oración a santa Bárbara, ¿cómo podía haberle sucedido aquello?, qué desgracia, y se mesaba los cabellos desgreñados. «Ahora que la tormenta está sobre nuestras cabezas», gritaba, mientras efectivamente el techo de la casa zurría como un tambor siniestro y todo el edificio era como una olla hirviente y trepidante, y tía Matilde se levantó de nuevo, con la campanilla en la mano y comenzó a pasear de un extremo a otro, hasta que una de las veces, al levantar los ojos, coincidió con un relámpago atroz que la cegó y entonces cayó de rodillas con los brazos en cruz, gimoteando, y tío Cirilo y tío Cayetano, los dos a la vez, se acercaron a ella y la amenazaron con llevarla al pueblo en cuanto cesara la tormenta, y ella empezó a suplicar: «Al pueblo, no», «al pueblo, no», y se retorcía y se arrastraba por el suelo, hasta que, de repente, se sentó y comenzó a levantarse los refajos y descubrió la faltriquera que ella llevaba siempre, y vimos que era enormemente abultada, más de lo que parecía, una faltriquera grande que llevaba siempre casi entre las piernas, y comenzó a sacar de ella infinidad de cosas pequeñas y las iba colocando en montoncitos delante de sí, mientras iba diciendo: «Esto para Rosa», «esto para Clara», «esto para Pepico»..., pero no nos dejaba ver de qué cosas se trataba, y de allí salían cosas y cosas, como si fuera un cofrecillo mágico, y se daba mucha prisa a hacer los montoncitos: «Esto para Teresa»..., y cada vez que se incendiaba la habitación con el fulgor de un relámpago, ella ponía las manos encima para que no pudiéramos ver los montoncitos, y si los truenos eran muy espectaculares empezaba a rezar sin ton ni son, comenzando las oraciones por el final o por el medio, daba igual, pero sin quitar las manos de los montoncitos, y todos estábamos cada vez más preocupados por ella, pero había algo misterioso en todo aquello a pesar de lo atrabiliario e inconsecuente de la escena que estábamos viviendo, había cierta grandeza y cierta gravedad en la presencia de tía Matilde, y ciertamente nos tenía a todos como esclavizados a un poder que parecía religioso ya que sus signos eran signos que podían muy bien descifrarse como símbolos de la muerte y de lo divino, la guadaña de la muerte, la cruz encima del féretro, el momento en que la caja entra en el nicho, cosas todas en las que yo no podía dejar de pensar al

116

mirarla, porque había en sus gestos y en su mímica resonancias de ultratumba, como si fuera un personaje de teatro preparado especialmente para hacernos pensar en aquellas cosas terribles, a pesar de lo ridículo de algunas de sus actitudes, como cuando canturreaba imitando a las monjas en el coro, y todo estaba como conectado con la tormenta, como si ella formara parte, y parte activa, de la conmoción de la naturaleza, como si estuviera en el secreto del cataclismo atmosférico que nos amedrentaba de aquel modo, y de vez en cuando, cerrando los puños, se dirigía a tío Cirilo y le gritaba: «El que pegue, será pegado», pero tío Cirilo no se quedaba atrás y le contestaba: «Matilde, estás provocando la cólera divina», pero yo creía más en tía Matilde que en tío Cirilo en aquellos momentos, y me preguntaba cuándo le daría el ataque catastrófico que solía darle, y en realidad yo sabía que tu madre también lo esperaba, y todos estábamos temblando como cañas al viento, y todos sabíamos, o era como si lo supiéramos, que algo peor todavía tenía que pasar aquella noche, pero yo no me hubiera imaginado lo que de veras pasó, porque yo pensaba que todo sería tener que salir corriendo a por el médico, pero no fue así, no fue nada de esto, y hubo un momento en que pensé que sería por tío Cayetano, porque de repente se había puesto muy colorado y la voz se le volvió temblorosa, y empezó a pedir papel y pluma, o si no un lápiz, si no había tinta, quería hacer testamento, como otras veces, que cuando se sentía enfermo, o había una tormenta grande, él comenzaba un testamento, con la invocación a Dios Padre Todopoderoso, etc., y estos testamentos, muchas veces, casi siempre, se quedaban sin terminar porque a lo mejor la tormenta se iba como había venido y todo volvía a la calma y tío Cayetano también se olvidaba del testamento, hasta otra vez; pero ahora era distinto, ahora era una tormenta diferente, ahora estábamos refugiados en techo ajeno, en casa del marqués, a quien tío Cayetano reverenciaba, y se había pasado todo el tiempo paseando y preguntándose «por qué, por qué, Dios mío», y no había más respuesta que los relámpagos y los truenos sobre nuestras cabezas, y verdaderamente parecíamos abandonados por Dios y por los hombres, una situación para volver loco a cualquiera, aunque no fuera la histérica de tía Matilde, que estaba en su apogeo de paroxismo cuando el viento arrancó de cuajo la chimenea de la casa del marqués haciendo un ruido espantoso, y todos nos tambaleamos y parecía el fin, o «el fin del mundo», como repetía tía Matilde, y entonces tío Cirilo, en pleno delirio, con el rostro desencajado, sacó nerviosamente el crucifijo negro que siempre llevaba entre la camiseta de lana y la carne de su atormentada castidad, y levantando el crucifijo en alto, nos gritó: «Decid todos conmigo, Santo Dios, Santo fuerte, Santo inmortal…» mientras tía Matilde, como ajena, en la cumbre de su patético desvarío, iluminada y hasta gozosa, decía: «No los ayudes, Dios mío, no lo merecen, son todos iguales», y esto me hizo a mí pensar que en la locura de tía Matilde había seguramente mucho cuento y que sólo quería llevar la contraria, quería que la mimaran, quería el protagonismo central, y ahora ella se hacía la alia-

da del terror, y parecía gozar cuando comprobaba
que Dios pisaba el pavimento de los cielos con divina
iracundia, y que eran estas pisadas divinas las que
levantaban las hogueras de los rayos que hacían pe-
ligrar las columnas del firmamento, y ella tenía que
mostrar su descontento con los que pedían perdón
como rebaños de ovejas apelotonadas y asustadas,
porque pedir perdón no era bastante, pedir perdón
era inútil, porque no había perdón posible, ya lo
estábamos viendo, y por eso a mí tía Matilde me
daba miedo, verdadero miedo, porque ella parecía
la encarnación de la cólera divina y exterminadora: «Húndelos, húndelos», comenzó a gritar; «que
caigan al hoyo como las brevas maduras», y yo pensaba que acaso tenía razón, quién sabe si los locos no son los que tienen siempre razón, y era evidente que, aunque a veces nos diera risa, ella era
la única que tenía una explicación coherente mientras la arquitectura de los cielos se bamboleaba como
una tramoya de madera endeble y crujiente, y algo
también realmente pavoroso tenía que estar sucediendo en la calle, porque hasta nuestro estrambóti-
co refugio llegaban gritos y llantos, probablemente
algo grave había sucedido en el vecindario, algo se
había derrumbado, y las gentes huían ante aquel aco-
so de las nubes como hambrientas de tierra, y los
vientos enloquecidos, como gigantescos monstruos
infernales y famélicos, que asaltaban las tranquilas
colmenas de las casas de familia, y tío Cayetano seguía pidiendo papel y tinta o papel y lápiz, y en el
rostro de tu madre viste marcada una gran pena,
seguramente la pena que siempre tuvo escondida,

pero ahora estaba claro que temía por la razón de sus hermanos todos, y estaba claro que ella era la más serena, hasta el extremo de que había sacado sus ganchillos y en la oscuridad total se había puesto a tejer en aquel jersey que era para ti y que los acontecimientos de los últimos tiempos estaban retrasando más de la cuenta, y recuerda que aquel jersey te hacía mucha falta porque habías dado un estirón, como decía tu madre, y el jersey que llevabas te dejaba las muñecas al aire y te hacía canijo de hombros, y tu madre, por eso, se había puesto a tejer, a pesar de la tormenta, y esto era tranquilizante para ti, y permitía pensar en un futuro con jersey nuevo, y otra vez sonaron golpes en la puerta que daba a la escalera y todos pensamos que sería el marqués, pero entró Cecilia, la cocinera, que subía riéndose y con las tetas por delante, algo que me había asustado desde el primer momento y me decía a mí mismo que ella tendría leche para los críos de toda la vecindad, y daban ganas de hacerse el encontradizo y chocar con ella en los pasillos, chocar con aquella masa de carne que me mareaba sólo de imaginarlos, pero Cecilia casi podía ser mi madre por la edad y por eso ella inocentemente se acercaba a acariciarme, y no parecía darse cuenta de mi sofoco, y sólo por pensar en todo esto comencé a temer nuevos truenos castigadores y me reprochaba por dentro aquellos pensamientos carnales, que no lo podía evitar pero intentaba imaginarme la delantera de Cecilia sin ajustadores y sin delantales encima, tremendo pecado que pagaría caro seguramente, y menos mal que la tormenta había amainado un poco y esto me

120

tranquilizaba, pero seguramente volvería para fulminarme a mí, por aquello de estar prendido de las tetas de Cecilia, sin poder pensar en otra cosa, ni siquiera en la comida, aunque nadie podía comer, y tu madre dijo: «A mí no me pasaría nada», pero ella quería que Rosa y yo comiéramos, y entonces yo agarré un bocadillo de jamón y me aparté a un lado, y Cecilia, que parecía que iba a seguirme, lo que hizo fue asomarse a la ventana para decir que todo estaba inundado, y que el agua seguía cayendo con mucha fuerza y que la riada arrastraba piedras y puertas y hasta muebles de las casas de las barriadas pobres, y teníamos un momento de calma, pero siempre con miedo de que la tormenta volviera, como repetía agorera tía Matilde, y efectivamente, al rato fuimos cegados todos por una luz instantánea y en seguida resonó un nuevo trueno, y fue como si todo el pueblo se fragmentara en pedazos, y tía Matilde salió de nuevo de su rincón y se paseaba gritando: «Yo no miento, para que veáis que yo no miento», y entonces se vino derecha a mí, y me puso encima del hombro sus dedos finos y largos, y me dijo al oído, mirándome muy fijamente: «Tú, Pepico, angelico mío, reza para que Hécula no se convierta en un cementerio, y reza también por tu tía Matilde, que no está tan chalada como ellos creen, pero yo no miento, ya se verá cómo yo no miento…», y siguió con una larga profecía sobre muertos y enterrados, y en su desvarío mezclaba los tejados de Hécula, sobre los cuales estaban pasando ahora mismo, decía ella, unos caballos negros que coceaban en cada puerta, y se habían caído todas las veletas de todos los campanarios de Hécula, y todo el pueblo era una hoguera en donde danzaban los demonios negros de rabos humeantes y peludos, y, ay de los heculanos, que no darían abasto a enterrar a sus muertos, y nosotros habíamos hecho mal en huir, porque nuestro sitio estaba allí, en nuestros nichos familiares, y «tú, Pepico, prométeme que me enterrarás en Hécula, que allí deberíamos estar, con nuestros muertos, que todos somos ya muertos, ¿no lo ves, no lo ves?», me decía, «muertos, muertos todos que ni siquiera sabemos dónde estamos, ¿o es que tú conoces este sitio?; éste no es nuestro sitio», y gritaba cada vez más, hasta que mi madre se dio cuenta y le dijo: «Deja al zagal en paz, Matilde», pero sus palabras ya habían hecho efecto en ti, que por un momento no sabías bien si estabas muerto o vivo, si estabas en este mundo o en otro desconocido, porque aquello de Ciriza, la casa del marqués, la comida traída en una cesta por una cocinera gorda y tetuda, y dando gracias, siempre dando gracias a Dios y al marqués, todo aquello era muy extraño y más extraño todavía en medio de las fosforescencias aterradoras de los relámpagos, y tú necesitabas acudir a los recuerdos para estar seguro de que eras tú mismo el que estaba allí, y entonces te acordabas de los palomos de la jaula abierta, en la azotea, y sentías deseo de preguntar qué sería de ellos, quién les pondría comida, porque los vecinos se habían quedado con la llave para cuidar del gato y de las gallinas, pero la tormenta habría arrasado las azoteas, y todo esto lo pensabas tú, sin atreverte a preguntar nada, y también sucedió otro contratiempo en aquel desván y fue que, de pronto, lo que era de temer, empezó a caer una gotera sobre el viejo diván donde iban a dormir tío Cirilo y tía Teresa, y rápidamente Cecilia bajó a buscar un cubo, y todos nos pusimos a correr muebles y bultos para que el agua no cayera sobre ellos, y tío Cirilo pedía paciencia, no había que quejarse, que demasiado bien se estaba portando el marqués, pero a todo esto, lo más incomprensible era que la tormenta volvía y que de nuevo las nubes se rajaban como percal tirante, y al compás del fuego y de la lluvia mezclados, arreciaba el viento contra los muros, ventanas y puertas, mientras de la calle ascendía un ruido sucio y sordo de rambla desatada, que toda la calle era un cauce pedregroso y desbocado, y Cecilia volvió con el cubo y dijo que todo el pueblo estaba enloquecido, las casas inundadas y las familias amontonadas, que Ciriza también se lo tenía bien merecido, que no había más que asomarse al camino de las cuevas, y allí se podían ver las filas de hombres en días de cobro, que allí se dejaban el jornal, entre luces encendidas día y noche y la música de los gramófonos a toda potencia, que era un escándalo, y tú mirabas hacia la cresta del castillo intentando descubrir la faz del paisaje tal como lo recordabas de siempre, pero no veías nada, sólo el torrente devastador de la calle abajo, y a lo lejos negrura traspasada por la lluvia, y tú pensabas en los conejos y sus madrigueras, en las gallinas y los cerdos de los hondos corrales, y quién sabe si aquello no era una plaga como las de Egipto para acabar con los animales y los hombres, y cuando pensabas esto, se abrió la puerta de al lado de la escalera, seguramente por un golpe del viento, y saltó la gata maullando, y detrás de ella los gatitos, y tía Matilde comenzó a reír con una risotada furiosa como los sarmientos cuando arden, como restalla el látigo sobre el lomo de los rucios viejos, y tía Matilde empezó a imitar a la gata y a soltar unos «miau», «miau» espantosos, como queriendo asustarnos a todos, y cuando la vimos dirigirse con la palmatoria en la mano hacía el cuarto de los gatos, haciendo unos chasquidos con la lengua, que hasta asustaba a la gata, que se inflaba y arqueaba el espinazo, tío Cirilo se acercó rápido y la empujó hacia el fondo de la habitación, gritándole «estás loca», «estás más loca que nunca», y ella entonces se fue derecha a las ventanas y forcejeaba para abrirlas, a pesar de los manotazos de la lluvia en los cristales, y tío Cirilo tuvo que arrastrarla hacia un rincón y la dejó allí tirada, y fue en este momento, lo recuerdo muy bien, cuando cayó la chispa y todos nos quedamos más blancos que la pared, y al principio creímos que había caído allí mismo, pero por lo visto había sido en la torre de la iglesia vecina, pero el hecho es que todos queríamos correr, y no sabíamos hacia dónde, la misma escalera parecía que podría hundirse como un simple piegallo viejo, y fue entonces cuando tu madre te cogió la cabeza y la apretó contra su marchito y hundido pecho y entonces tú sentiste por primera vez que aquel pecho era ya como un nido abandonado en el que quedan solamente unas ramitas gastadas, y te diste cuenta de lo débil que estaba tu madre, pero ella estrujaba tus sesos contra su carne y sus sufridos huesos y tú comprendiste lo poco que le quedaba por hacer a tu madre, y sin embargo sentiste que te quedarías dormido allí, en su seno vacío y consumido, y por un momento no te importaba la tormenta ni cosa alguna, pero entonces a tía Matilde le dio por gritar «agua», «agua», y tu hermana Rosa fue corriendo con el botijo, y ella bebió, pero en seguida le soltó el buche de agua a tu hermana en la cara, y a continuación se echó a reír como una niña traviesa, y en esto que subió el marqués otra vez, don Jacobo, y dijo que era un desastre, que la cosecha de uva y los frutales se habían perdido totalmente, que todos los árboles estaban por el suelo, «la ruina», «la ruina», decía, y que el teléfono no funcionaba, y que la tormenta se había dormido encima del pueblo como una loba famélica, y sobre todo se quejaba de no poder disponer de camas para todos, pero que tío Cayetano, por lo menos, podría dormir abajo en la cama de su hijo, que estaba en Madrid, pero todos, comenzando por tío Cayetano, dijeron que no se molestara, que no habíamos venido a incordiar, que ya había hecho bastante con recogernos bajo su techo, «un techo con goteras», dijo él humilde y elegante, y entonces vino el gesto, como siempre inesperado y desconcertante de tía Matilde, que se empeñó en besar la mano a don Jacobo, y tío Cirilo intervino recriminándola una vez más, «no seas latosa, Matilde», pero don Jacobo no cesaba de decir «pobrecilla», «pobrecilla», y por fin tomaron las escaleras don Jacobo y tío Cayetano, que no tuvo más remedio que aceptar el ofrecimiento de la cama de Pepito, que estaba en Madrid, y cuando se fueron,

Rosa se lamentó: «Parecemos una panda de gitanos», «no tenemos remedio», pero poco a poco el silencio y la ausencia de tío Cayetano nos llevaron a cada uno a buscar acomodo como pudimos entre aquellos sillones desvencijados y divanes cojos, ya que por fin la tormenta era ahora lejana y vagorosa y los ruidos venían más bien de la calle, algo sordos y entrecortados, y yo me asomé y vi pasar a unos hombres que llevaban un brazalete con una cruz roja, y otros hombres que caminaban agarrándose a las rejas y a las puertas para que no los arrastrara la corriente de las aguas revueltas, entre las que se descubrían bultos que parecían vientres de mujer o espaldas de hombres, y de vez en cuando calderos, sillas, líos de orpa, cuerpos de perros, o de gatos, no se veían bien, todo avanzando y deteniéndose en una revuelta marejada de aguas turbias, rojizas y barrosas, y yo miraba ansioso y excitado porque estaba temiendo ver el cadáver de algún niño, y ya despuntaba algo de claridad por el lado del monte de Santa Ana cuando mi madre me obligó a acurrucarme, como pude, en una butaca despellejada, pero no podía dormirme, estábamos todos como pegajosos de sudor y tristeza, una tristeza que probablemente estaba en el aire, una especie de opresión y desconsuelo que nos envolvía impalpable, pero pesadamente, como un manto negro del que uno no podía zafarse y no sabíamos qué hacer, porque nadie dormía y sólo de vez en cuando se oían unos profundos suspiros, como si en aquellas exhalaciones quisiéramos expulsar todo el terror encerrado en nuestros pechos, hasta que por la mañana subieron café con leche para todos, y qué bendición que tía Matilde siguiera descansando, por fin, estaría agotada, es lo que todos pensábamos, porque continuaba inmóvil, hecha casi un ovillo sobre unas alfombras estiradas en el suelo, y «pobrecita», «pobrecita», decía tía Teresa mirándola en aquella postura rara, toda ella había sido siempre rara, y sus posturas y sus actitudes también, pero al ir a despertarla para darle su taza de café mi hermana dio un grito espantoso, porque tía Matilde, al sacudirla, cayó como un bulto seco rodando hacia el suelo, y al ir tu madre a ponerle una mano sobre la sien, dijo muy alterada: «Pronto, pronto», «un médico», «pero si está fría...», y Rosa decía: «Pero, mamá, ya sabes que siempre que le da el ataque se queda fría». «Pero no es eso, no es eso», replicaba tu madre, y yo le oí decir por lo bajo: «Dios mío, es como si estuviera muerta», y estaba visto que aquel día tenía que terminar mal, muy mal, porque en cuanto llegó tío Cayetano, que de muertos y de agonizantes sabía un rato, vimos que sacaba rápidamente de su maletín la estola y un crucifijo, y se puso a administrarle la extremaución, al mismo tiempo que pedía: «Un médico», «un médico», «bajad corriendo a avisar a don Jacobo», y Rosa lloraba con grandes hipos, y tu madre le frotaba los pies y las manos a tía Matilde, que permanecía desencajada y con la palmatoria todavía agarrada en una mano, y entonces tío Cayetano se la arrancó y me dijo a mí que prendiera la vela y la tuviera yo, y lo hice, pero los dedos me temblaban y temblaba la palmatoria, y las gotas de cera iban de la arandela al suelo, y a tía Matilde intentaban

127

ponerla derecha y casi no se podía, parecía un madero seco, doblado, y estaba helada y su helor era como si helara el aire de todos, y parecía una muñeca estrafalaria allí tendida, y mientras tío Cayetano le recomendaba el alma, mezclando latines y frases cariñosas, tu hermana seguía hipando, y tu madre se puso a cerrarle los ojos con suave insistencia, y entonces fue cuando comprendí por fin que estaba muerta, y también en ese momento llegaban don Jacobo y un médico y supe que lo era porque traía un maletín en la mano, pero no como el de tío Cayetano, y yo ya no supe nada más, hasta pasado tiempo, porque empecé a verlo todo amarillo, y después la oscuridad total, y la palmatoria se me cayó de la mano y me desmayé blandamente, y lo último que escuché fue que todos me rodeaban a mí y que mi madre gritaba: «Pepico, Pepico...».

Deliraba sudando y mi sueño era pegajoso y desasosegado, pero mi delirio no eran rayos y truenos, ni ríos de fango ahogando animales caseros e inundando casas, ni tampoco un rayo que le entra a un niño por el pelo y le sale por el culito, sino algo más absurdo y más raro, un tío muy alto y delgado, todo de negro, con ojos de cristal, que llevaba colgando una lengua larga y roja, casi como la muleta que usan los toreros para embeber al toro en su muerte, y de aquel trapo salía una voz pegajosa que iba pregonando como un berrido: «Agua, vendo agua, agua fresca, agua de la fuente», y del bolsillo roto, de vez en cuando, se le caía una moneda de cobre, y las gentes que salían al paso de su carro, pues el hombre iba tirando de un carro como si fuera una vieja caballería, le ponían el lebrillo debajo del tonel y el agua caía sanguinolenta gota a gota, como cuando le cortan a un pollo la cresta, y la gente contaba las gotas: «Una, dos, tres, cuatro, cinco, seis», y había casas y calles que eran ciertamente las de Hécula, pero otras no lo eran, y el señor de luto caminaba despacio dentro del carro, agarrado a las varas como un condenado, y además, aunque pareciera inverosímil, portaba no sé cómo un paraguas inmenso sobre el tonel, y algunos vecinos, entre los que había sobre todo niños, algunas caras conocidas, como la de Tomasín, Ramonín, Rafael, Alfredo, y la Santi, no cesaban de repetir: «Fijaos en el sortijón, qué sortijón», y yo mismo avanzaba a trechos detrás de él llevando el peso de la caja de hierro enrobinada dentro de la cual, en vez de monedas, borboteaba el agua y a lo mejor era sangre, porque nadie se atrevía a tocar la caja, y yo caminaba indeciso, más indeciso que nunca, con una densa pesantez en los pies y una enorme vergüenza, como si fuera desnudo, y la caja me quemaba, pero el viejo era don Jerónimo, aunque no tan viejo, porque no tenía el pelo tan blanco, y aquella comitiva era como un funeral, porque allí estaba con su manteo extendido de ala de mosca gigante don Cristóbal, que era el encargado de vender y cobrar los nichos del cementerio, y él mostraba un plano y en él señalaba los que tenían más sol y menos viento, y los que tenían cipreses con pájaros, y él nunca aconsejaba los que estaban a ras de tierra, sino más bien los más altos: «Cuanto más cerca del cielo, mejor», decía siempre, y con qué suavidad cogía los billetes y aseguraba al parroquiano que había hecho una buena compra, y qué contraste tan grande en don Cristóbal, la cara tan roja como un pimiento y las manos blancas como la cera, casi amarillentas, quién sabe si por recoger el dinero de los nichos, y él nunca recomendaba enterrarse en tierra: «En tierra, los animales», decía, y yo creo que los que venían detrás ya eran gente del montón, aunque endomingados todos, acaso Telesforo iba también, el que cobraba la contribución y el alcantarillado y que hacía aquellos numeritos tan pequeños, y tan redondos y bonitos, quién lo iba a decir cuando tu madre, al verlo cruzar la plaza y acercarse a nuestro portal: «Ya está ahí el tonto de Telesforo», decía, y difícilmente tu madre se equivocaba, aun cuando Telesforo hiciera los números tan bonitos y tan rápidamente, y también él iba detrás con su taco de recibos, y venía más gente con papeles en la mano, todos reclamando algo, y los vecinos que se habían colocado a los dos lados del carro fúnebre tirado por don Jerónimo, le ponían delante cacerolas y vasijas haciéndolas chocar como en las charangas de un carnaval, porque efectivamente algunos llevaban caretas, o iban muy pintados o tenían el rostro deformado, porque eran caras de enorme tristeza, y algunos reían a carcajadas cuando tendían la mano hacia mi férrea alcancía, que cada vez pesaba más y más, y yo temía que se me cayera sobre los pies y me los cortara, todo era posible, y esto me hacía sudar frío, y más con los tirones y apretujones de los vecinos, todos de negro, desde el sombrero a las botas, algunos parecían recién amortajados, quién sabe si a don Jerónimo lo llevaban al matadero, o a la pila de agua que había a la salida de Trinquete, donde se formaba siempre la cola de burros y mulas al amanecer y al atardecer y donde bebían agua y pateaban, y alguien, entre suspiros y lamentos, me pedía que gritara: «Agua, ha venido el aguaaaa», pero a mí no me salía la voz, solamente me salía un soplo como el pedo de una cabra, qué vergüenza, y las mujeres se reían, y algunas se ponían el pozal o caldero encima de la cabeza como un sombrero ridículo, y decían: «Esto es la repanocha», y les caía un hilillo de baba hasta el suelo, un hilillo que podía ser de vino o de sangre, pero era todo rojo, y a todo esto don Jerónimo se había perdido de vista con su carro y su tonel rezumante de un glu, glu, glu espeso y repugnante como un lebrillo grande de tripas en día de matanza, y cómo se arañaban las mujeres a la puerta de San Cayetano y qué cosas se decían mientras tío Cirilo, subido en el carro del que tiraba don Jerónimo, invitaba a entonar un canto de perdón, exactamente igual que cuando vinieron los misioneros, y luego todo el cortejo tenía que descender por una escalerilla pequeña, como las que hay a la entrada de las bodegas, pero no era lo mismo, y probablemente se trataba de un sepulcro y allí estaban tus hermanos Pascual y Manolo, como de ayudantes, Pascual con un soplete y Manolo con un cajón de herramientas, y no me explicaba cómo habían podido venir, porque aunque todo sucedía en Hécula también estábamos en otro sitio, y ellos habían venido con una gran tubería de plomo, una tubería tan larga como desde nuestra casa a la estación, y a ratos yo, además de la caja de hierro, tenía que sostener un botijo con agua fresca, un botijo que apenas podía con él, y menos podía con la caja de las monedas que sonaban como si fueran todas monedas de plata, y el momento de mayor apuro llegó cuando todas las voces comenzaron a susurrar: «¿Y la llave, dónde está la llave?, hay que encontrar la llave...», con lo cual yo comencé a sudar e incluso tuve necesidad de mear, unas ganas indetenibles de mear, y mientras escuchaba solitario y sonoro el chorro de la fuente de la plaza de San Cayetano, yo meaba en el árbol de la puerta de la ermita, qué pecado, pero había que hacerlo rápido, no fuera a aparecer tío Cirilo, y con el sol tan fuerte se me veía la pelusilla del sexo y había que acabar pronto, pero yo me estaba mojando, estaba calado, como otras veces, y aquella cama no era la mía, ni la de mi madre, una cama alta y con una dureza blanda, extraña, y estiré los brazos y nada, y palpé con mis manos y estaba sobre un charquito en aquellas sábanas tan fuertes y tirantes, maldita sea, y me quedé quieto, porque ni la luz sabía encender, ¿dónde estaba la llave de la luz?, y de nada me acordaba, aunque sí parecía claro que no estaba en Hécula, ni en mi casa, ni tampoco en aquella cámara de muebles revueltos con arcones y colchones en el suelo, de cuando la tormenta, ¿qué tormenta...? y otra vez volví poco a poco, tiritando, no de frío, a dormirme, hasta que sentí la voz de Rosa que abría la ventana, y la ventana daba a un patio con enredaderas, y entró una señora muy pintada con la cara muy redonda y colorada, y otra mujer con el pelo lacio como de hombre y con bigote, y traía una taza en la mano y le daba vueltas, a lo que fuera, con una cucharilla, y a lo peor yo estaba otra vez malo, o me estaba poniendo malo, y comenzaría de nuevo aquello de quererme levantar y no poder, y escuchar todo lo que pasaba alrededor y no poder mover ni un dedo, aquellos fogonazos de luz en los ojos, aquellos ruidos indecibles, las visiones aterradoras, un ataúd blanco con galones dorados a la puerta de la habitación y otro en la puerta de la casa y otro en la puerta del corral, y no había modo de escapar, y aquel Niño Jesús que te reía desde el altar, te reía de veras pero a ti te entraban escalofríos y luego para colmo aquel perro que no era de nadie y que cuando te encontrabas solo se te acercaba a la oreja y te decía cosas horrendas entre pestilentes ronquidos, y hasta la cara se te cambiaba cuando pensabas que podía acudir, de nuevo, la hostia sobre la lengua temblando, y ahora en la puerta se asomaba también una chiquilla que nunca habías visto antes, ¿qué hacía allí, y yo meado?, y yo buscaba a mi madre con los ojos y no comprendía ni aquella cama ni la presencia de mi hermana con aquellas viejas de voz cascada y rota que decían algo por el pasillo, donde se veían plantas encima de unos maceteros de madera muy bonitos y también se veían platos colgados en el rincón del tinajero, y Rosa tenía los ojos de llorar y algo pasaba, porque luego entró el hombre de la casa, que era medio cojo, y me dijo que me iba a llevar al campo para que viera un potrito negro y blanco, y las mujeres sólo decían: «Ay, Dios mío, ay, Dios mío», y yo no quería preguntar, sabía que no debía preguntar nada, y me tomé, sentado en la cama, un tazón de café con leche y galletas, pero no tenía en absoluto ganas de levantarme, cómo había podido mearme si ya hacía tanto tiempo que no me pasaba, que había dejado de ser un niño, y si no que se lo preguntaran a Santi, qué diría Santi si lo supiera, y qué diría Rosa, e incluso qué diría aquella muchacha bigotuda que andaba por el pasillo y que de vez en cuando se asomaba a mi puerta, seguramente para ver si me levantaba; pero yo no podía levantarme, no me levantaría ni arrastrado dejando el charco en las sábanas, me quedaría haciéndome el dormido hasta que se secara con el calor del cuerpo, eso sería lo mejor, y todo esto me pasaba seguramente por haber salido del pueblo, que todo había sido mala suerte, y desgracia sobre desgracia desde que habíamos salido, pero quizás tampoco podíamos habernos quedado, tampoco hubiera sido bueno, porque cierto era que habían matado a don Jerónimo, y lo habían matado por vender el agua a perra gorda y a real, según los cacharros, aunque algo más habría sido, porque también querían matar a tío Cirilo, seguramente por ser el hombre que no sólo estaba siempre metido en la iglesia sino que iba repartiendo por las casas, una vez a la semana, una Virgen de los Dolores, metida en una hornacina encendida, y luego la recogía y la iba trasladando a otra casa, y no cobraba nada por hacerlo, sólo las limosnas voluntarias para el culto, y a veces también para un enfermo del barrio que tenía que ir al hospital de Murcia, otras veces para la beca de un seminarista pobre, y Teresa, su mujer, siempre detrás con aquella caja donde la imagen iba rodeada de flores de trapo, y tío Cayetano era el confesor de la baronesa, el amigo de la partida de cartas de un marqués y del otro marqués, y de los otros ricos de los pueblos de al lado, y él siempre no sé cómo se las arreglaba pero resultaba albacea en los testamentos de las viudas ricachonas y hablaba con mucha ternura de los necesitados, pero le gustaba la buena mesa y el vino, a veces mi madre tenía que aguantar demasiado, porque era comilón y no quería gastar en lo que le placía tanto y contaba las pesetas y luego pedía cuentas, total que lo que más le gustaba era ahorrar y por eso en el barrio decían que estaba «pardillo», lo cual en mi pueblo quería decir que estaba forrado de dinero, pero tampoco era verdad, aunque tuviera sus escondrijos, y ahora con la revolución no soltaba el maletín y todos detrás del maletín, la libreta de la Caja de Ahorros, los billetes doblados, muy bien doblados, metidos en el providencial braguero, dichosa hernia, y aquel monedero de una especie de tela metálica flexible de plata en donde había un apartado para los duros y otro para las pesetas y que pesaba lo suyo y que hacía al moverlo un agradable ruidito, pero tampoco lo soltaba ni lo dejaba en cualquier sitio, lo ponía debajo de la almohada mientras dormía, y ahora seguramente lo llevaría en el maletín que tenía su llave y todo, pero ahora también don Jacobo pondría los cuartos para el viaje y tío Cayetano le pagaría en misas, quién sabe, aunque don Jacobo trataba a mi tío como a un amigo o casi un hermano, con enorme confianza, pero lo que ya no me explicaba yo tan fácilmente era por qué precisamente a mí me habían trasladado a aquella casa con aquellas dos mujeres tan emperifolladas y aquella niña que asomaba la cabecita por la puerta como si tuviera que ocultar el resto del cuerpo, como si tuviera alas o rabo, y cuando quise darme cuenta Rosa ya no estaba y yo me amodorré y seguí durmiendo mientras por la ventana que daba al patio entraba una luz fuerte que caía sobre las verdes plantas y algunas camisas blancas tendidas, que debían de ser del hombre que había pasado antes canturreando por la puerta del pasillo, donde estaban las mecedoras y las macetas, y todo lo de la tormenta ya parecía lejano, como la sombra inasible de un sueño de terror, y poco a poco fui cayendo en detalles, sobre todo en aquel ataque que le había dado a tía Matilde, más fuerte que nunca porque se había quedado en él para siempre, de eso no había duda, y hasta su cuerpo había tenido que quedarse lejos de su pueblo, lejos de su querido cementerio de Hécula, gran tragedia para todos, pero habría que trasladarla algún día a Hécula, porque la familia no podía permitir, a buena hora lo iba a permitir tío Cirilo, que una hermana permaneciera lejos de los nichos de la familia, aquella especie de prolongación de la casa, de las almas de todos, porque los muertos eran seres que seguían como vivos, unidos por supuesto a todos los demás, y no sólo en el recuerdo, unidos en todo, en cuerpo y alma y unidos sobre todo por la tierra, como si la sangre de toda la familia circulara incesante desde la casa al cementerio y al revés, y por eso tía Matilde no era posible que se quedara mucho tiempo allí, en Ciriza, porque según las creencias de todos su alma no descansaría en paz mientras no estuviera sobre la tierra de su pueblo, unida a todos, muertos y vivos de la familia.

Pero cuando yo vine a enterarme de todo, cuando se puede decir que me vi libre de aquella casa de las macetas y las mecedoras, y también del charco infame de las sábanas, que seguramente estarían secas pero con ese borde amarillento de la meada, estábamos ya todos acelerados y nerviosos metidos en el tren de vía ancha, un tren casi hortícola, que va de Ciriza a Murcia, y allí habían ido varios amigos de mi tío Cayetano, que tenía amigos en todas partes, ésa es la verdad, y había entre ellos un médico, y estaba también el marqués, que sólo hablaba con tío Cayetano y que le decía que, por él, no tendríamos que irnos, y de vez en cuando se ocupaba de los paquetes, y en seguida volvía a ofrecerse para que no nos fuéramos, hipocresía pura, porque ya estábamos en el tren y es que tío Cirilo no dejaba de repetir: «¿Y mi Teresica? ¿Qué será de mi Teresica?», «Vámonos, vámonos, a ver si llegamos tarde, a ver qué ha sido del convento y de mi Teresica», y le faltaba poco para ir a hablar con el maquinista del tren para que saliera pronto, y fuimos subiendo al tren y había una cierta ilusión en salir, aunque no

137

sabíamos ni a dónde íbamos ni lo que nos esperaba en Murcia, y yo pensaba que todos estábamos locos, con esa locura de salir, de moverse, de cambiar de sitio, una locura que más tarde, ya mayor, había de conocer muy bien, porque hay una especie de liberación en el viajar, hay una especie de inocencia incluso, de vida nueva, de algo que no sabemos qué es pero que nos espera al final del viaje o incluso en el camino, a medio camino, y fue seguramente en este viaje donde yo por primera vez sentí esa especie de gozo en salir cuanto antes, como si fuera a dejar atrás todo lo que pesaba sobre mi existencia, incluso la meada de las sábanas, y la tormenta, y tía Matilde que se quedaba allí, seguramente por llevar una vez más la contraria a toda la familia, pobre tía Matilde, nadie hablaba ya de ella, y había como un alivio a pesar de las caras largas, de los suspiros y de las quejas en voz baja de las mujeres, mientras tío Cayetano, vestido de paisano, con su boina y un chaquetón raído pero con cuello de piel, parecía un viejo asilado con permiso dominguero, y tío Cirilo, que parecía más cura que tío Cayetano, aunque tío Cayetano, por más que se vistiera de paisano conservaba su aspecto de cura, no sé por qué, y es que eso del sacerdocio deja marca en las personas, que yo con el tiempo llegaría a distinguirlos entre miles, y en el autobús, en una cafetería, en la fábrica, en el frente, donde fuera, yo decía «ése es un ex-seminarista» y acertaba, que no lo podemos negar y se nos conoce a la legua, y a lo mejor tienen razón los que dicen que pesa una maldición sobre cualquier exclaustrado, y yo lo he pensado muchas veces, y quién sabe, y no es que yo me saliera a tontas y a locas, que lo pensé muy bien, y entonces, ¿qué tendría que hacer?, ¿seguir con las sotanas a pesar de todo, sin saber bien lo que quería o no quería?, que eso ha sido siempre mi vida, pero en la vida se puede no saber bien lo que uno quiere, o qué está haciendo, o para qué, pero en el sacerdocio yo creo que eso no es posible, que allí dentro uno debe estar seguro de lo que quiere y de dónde está y para qué está, y otra cosa es engañar y engañarnos bobamente, que no hay manera de simular lo que no se es, y del mismo modo, lo que uno es imprime una huella no sólo en el carácter de la persona sino hasta en su físico, pero yo no estoy arrepentido, porque nunca tampoco estuve seguro de nada, y allí mismo, en aquel tren, no estaba seguro de si hacíamos bien en huir, ¿huir de qué, de quién?, o si hubiera sido mejor seguir en el pueblo, y quizás tía Matilde no estaría ahora enterrada en Ciriza, lejos de su pueblo, de su tierra, «pobre Matilde», «pobre Matilde», había dejado de ser la latosa cargante de siempre para ser una santa, la más buena alma del mundo, decía tía Teresa, y por eso se había ido, dejándonos en tantos peligros y en tantas incertidumbres, y yo, por lo pronto, me arrimé rápidamente a una ventanilla para ver bien el paisaje, un paisaje que parecía hecho de ceniza seca en inmensos montones, ceniza helada y petrificada, y hasta las matas y matujos escasos eran también cenicientos, blancura de huesos calcinados o de ríos secos sobre la huesera de un mundo quemado, arrasado por una tormenta exterminadora, de la que no quedaba nada, como si toda el agua

139

caída se la hubiera tragado la tierra, una tierra sedienta de siglos, y yo me preguntaba si aquello podía ser Murcia, la cantada huerta de Murcia, pero «todavía no», me dijo Rosa, que «la huerta vendría más tarde», y ella, Rosa, también miraba ansiosamente por la ventanilla, pero yo creo que miraba sin ver porque a ella todo parecía darle igual, ella iba agarrada a su bolso y en su bolso estaba su vida, yo lo sabía muy bien, porque en su bolso había unas cartas, cartas misteriosas, «como digas algo, te mato», y todo esto de la revolución para ella era un contratiempo, tan jovencita que apenas se había puesto un día o dos sus tacones altos, y sin embargo ya tenía su mundo cerrado, un mundo en que nadie podía penetrar, un mundo que acaso cabía en aquel bolso, y por eso lo llevaba siempre apretado, y yo me sentía inclinado a guardar el secreto de Rosa contra todos, contra tío Cirilo y tío Cayetano juntos, pero sobre todo por influencia de tío Cirilo, que imponía la necesidad de saber con quién andaba Rosa, y si había algún muchacho, saber si iba a misa o no iba a misa y de qué familia era, «hay que examinar sobre todo la familia», pero Rosa llevaba su libertad tan dentro y tan encerrada que sus ojos tenían el negror acerado de las rejas de su cárcel íntima, y ella estaba ajena a todo, incluso a la muerte de tía Matilde, frialdad y dureza por necesidad de autodefensa, y a ella no le importaba nada el tumulto de los pueblos que atravesábamos, con las mujeres en fila, en primera fila, mujeres gritadoras y alteradas, y tío Cirilo y tía Teresa rezaban como encogidos en sus asientos, y todo lo pasado en las últimas horas iba quedando atrás, tan atrás que Ciriza ya era sólo un nombre en el recuerdo de la tormenta, y ni el castillo ni el monte de piedras y matujos se veían ya, sino que el paisaje comenzaba a cambiar por momentos, primero aparecieron unas montañas con pinos y en la lejanía el humillo de la manta de huerta jugosa que el río alimentaba en su lecho de hojas flotantes y podridas, y muy pronto comenzaron a verse las casas y las torres, muy cerca de la vía una ermita, y en seguida la hermosa alfombra verde, un mundo húmedo y dilatado a lo largo del curso del río, aunque el río no lo veíamos porque discurría pegado a la montaña, pero se adivinaba, se notaba en la sangre, y en los pulsos, se olía y se sentía en la pendiente de ramblas y ramblizos y en la catarata de casitas blancas que desde la montaña llegaban al paredón de verde que formaban los eucaliptos y los cañaverales, y era todo como un nuevo bullir de vida, como una floración estridente de la naturaleza, como una distensión para los ojos y para el espíritu, porque la huerta siempre ha sido refrescante al mismo tiempo que sofocante, un misterio de la naturaleza capaz de producir esta sensación de mundo abierto a la dicha, a la alegría y a la fiesta, aun en tiempo de revolución, porque en la huerta el agua anda cerca y anda suelta, el agua brinca de un huerto al vecino, el agua tiene su música, una música adormecedora, y aquella espuma que no era la del mar pero era una espuma que hacía presentir los frutos, donde se ve claro que el agua es la vida y que sin agua los espíritus se vuelven atormentados y fieros, y en cambio aquella gente que veíamos en mangas de camisa, con la morenez de la tierra en las manos y en el cuello, con aquel hablar cantarino en las estaciones, como gente que recibe del agua la gracia y la música, esta gente, así lo creía yo entonces, no podía ser tan agresiva como la gente del secano ardoroso y sediento, y aquí pensaba yo también, qué poco le luciría el pelo a don Jerónimo y sería inútil la caja de hierro que yo llevaba sobre mi conciencia, todo el peso que había sentido en mis manos pequeñas de aquella caja que tantos males había traído al final, que dicen que sobre el pozo de cal, después de tirarlo allí, habían puesto un letrero que decía: «El agua es de todos», pero acaso don Jerónimo había creído toda su vida que aquella vena de agua que cruzaba las entrañas sedientas de mi pueblo estaba desde el Génesis destinada a su uso y propiedad, era como si el mismo Dios hubiera solemnemente proclamado: «y este manantial de agua que sea siempre para don Jerónimo», porque Dios podía hacer eso y mucho más, porque Dios no tenía que beber agua en botijo, aunque el mismo Dios fuera borboteando y haciendo «glu-glu-glu» dentro de los cántaros, aunque Dios durmiera desde la eternidad en las grutas misteriosas donde el agua se embalsa para salir luego corriendo como un niño travieso y cantarín, aunque Dios hubiera dejado el agua, después del salto gozoso de la creación, en manos de tipos hirsutos y codiciosos como don Jerónimo, «que Dios le haya perdonado», decían y repetían tío Cayetano y tío Cirilo, los dos acordes, los dos unánimes cada vez que se nombraba a don Jerónimo, aunque muchos otros perdones tendría que repartir el Dios de tío Cayetano y tío Cirilo tal como se estaban poniendo las cosas, y no sólo perdones, sino atroces castigos, quién sabe, y nosotros seguíamos metidos en aquel tren que subía y bajaba, resoplando o multiplicando sus traqueteos, según fuera cuesta arriba o cuesta abajo, que tampoco la huerta era toda una mancha verde y plana, sino que de vez en cuando la alfombra pacificadora de lo verde se perdía entre colinas de tierra amarillenta o roja en pura soledad, hasta que poco a poco el anchísimo callejón de la huerta se hizo compacto e inmenso, y comenzó el reino de las bicicletas que llevaban atados atrás los cántaros de la leche, las vacas obedientes a la vara que iban desparramando flecos de verdura por los caminos, ventas rústicas donde se detenían los carros y las camionetas cargadas de cajas y serones, un mundo en agitación de frutas y olores vegetales, movimientos de coches de línea, trajín de mercancías, personas y animales, bullicio que parecía brotar del agua en canalillos, en acequias, en pozos y balsas, dando vida a la huerta, y yo me veía metido en el tren pero en realidad estaba ajeno y lejano, viéndome cargado con una caja de hierro que apenas podía sostener, a la sombra de los cuatro árboles que guardaban la fuente, y allí venían en fila, corriendo, quitándose el puesto unos a otros, en parloteo de gritos y desplantes, las hijas del cajero del banco, la mujer del fraguero, el muchacho de los recados de la tienda de ultramarinos, el viejo del estanco, las dos corseteras, el carnicero, el carbonero, las santeras y rezadoras de los entierros, que eran mellizas y las dos traían olor a muerto, la dueña de la mercería a cuya hija le habían tocado el culo todos los del barrio menos tú, y tenías complejo porque nunca te habías atrevido, pero lo habías pensado muchas veces; y venía también el practicante, que traía una jarrita de porcelana blanca, y varias veces a éste las muchachas lo habían sacado de la fila llamándole «sarasa», y el castrador de los cerdos, que era también guardia municipal y peluquero, según las horas; y la comadrona venía también algunos días cuando estaba libre; y la lavandera de toda la mierda de los niños del barrio, y a ésta yo le dejaba siempre que se llevara algún botijo de balde; y venía también el ama del presbítero enfermo con un delantal siempre muy blanco, y este presbítero decía la misa muy temprano porque decían que tenía lepra y no quería que lo viera la gente; y venía también el zagalón del herrero, que traía un bidón enorme en una carretilla y parecía que se iba a llevar toda el agua del grifo, que le valía una peseta el bidón lleno; y las queseras, que eran amigas de mi madre y siempre nos traían una garrafita de vino; y yo, cuando venía el agua empezaba a tocar la campanilla y a gritar como un tonto: «ha venido el aguaaa», y entonces salían de sus casas todos los que habían permanecido indiferentes hasta entonces, que aquello parecía una procesión, y mandaban a los niños por delante para coger sitio en la fila mientras las madres acababan de amasar o de barrer, y los niños también se peleaban por el puesto, que aquella agua parecía endemoniada y ya se vio después lo que le costó a don Jerónimo, por ser el amo del grifo y el amo de la caja de hierro, que más le valiera haber estado en la fila con su botijo, como uno más, y yo mismo me consideraba cada vez más culpable por haber cargado con aquella caja, que yo creo que recibí también una buena lección, porque desde entonces aprendí que no hay que estar al lado de los poderosos que venden a los pobres lo que es de Dios y debe ser de todos, pero quizás lo había aprendido demasiado tarde, y a veces pensaba si no sería por mí, por haber servido a don Jerónimo en el grifo y por haber llevado aquella caja negra de hierro, por lo que estábamos huyendo; pero yo me acordaba bien de que a mí no me querían mal porque las mujeres y los zagales bien sabían que yo, en cuanto don Jerónimo no estaba delante, les perdonaba las perras, y sabían también que de aquella caja pesada a mí no me tocaba nada, que tal como quedaba cuando había salido la última gota de agua, así se la había de entregar a don Jerónimo, que para eso tenía la caja un buen candado y las monedas sólo entraban por la ranura, que era como la del cepillo de la iglesia de San Cayetano, ay, Dios, y qué dolorosa me resultaba la comparación, ¿si sería también por el cepillo de San Cayetano por lo que íbamos huyendo? ¿Es que había alguna relación entre la caja negra de don Jerónimo y el cepillo que pasábamos en la misa de domingo en San Cayetano?, pero no había ninguna relación ni tampoco parecido, ni podía haberlo, porque la limosna para San Cayetano era voluntaria, y se daba lo que se quería y eso no era poner precio a la devoción, y el que no quería no daba, aunque tío Cayetano siempre nos decía que «hay que sacudir el cepillo delante de los fieles que se hacen los distraídos», y no se puede negar que el dinero siempre había sido sagrado para tío Cayetano, no digamos para tío Cirilo, aunque tengo que reconocer que ellos se limitaban a venerarlo en los demás, a admirar y respetar a los que tenían el dinero, eso sí, que para ellos ante todo estaba ganar el cielo, pero inmediatamente después estaba el respeto al dinero, un respeto sagrado, casi tan sagrado como ante el altar, adoración por todo lo que luce, el oro y la plata, y verdadero pasmo por los billetes grandes, ¿quién ha visto un billete grande, de los más grandes?, y el sonsonete de los duros cuando caían en cascada sobre el cajoncito secreto de la mesa curialesca de tío Cayetano, recreo de felicidad, visión distinta del mundo cuando se tiene dinero en el bolsillo, o en el banco, o en cajoncitos secretos, o escondido y cosido en el forro de la sotana, o como ahora, que lo llevaba tío Cayetano cosido en aquel zamarrón de cuello de piel que le había prestado el jefe de la policía municipal, olor del dinero, sabor del dinero, poder del dinero, pero no se podía comparar a tío Cayetano, por mucho que le gustara el dinero, con don Jerónimo, que tío Cayetano no vendía el agua de todos, que lo único que hacía era aceptar limosnas, eso sí, como aquel sobre cerrado que le dio el marqués cuando nos fuimos, que yo lo vi, cuando le dijo «para que se acuerde de nosotros en sus misas y en sus oraciones», y tío Cayetano sólo tenía que hacer una pequeña reverencia y decir, «gracias, gracias», y lo hacía con cierta elegancia, sin servilismo, con dignidad, como algo que se le debía, que para eso él era un ministro de Dios, pero don Jerónimo no era más que un viejo avaro que vivía para su caja, sus montones de cajas, y todas rebosantes de monedas y sus fajos de billetes, y yo me había visto metido en aquello porque antes lo habían hecho mis hermanos, y cuando ellos se fueron a Murcia a estudiar yo quedé encargado de la fuente, y qué sería ahora de mis hermanos, que tu madre no decía nada pero yo sabía que todo el tiempo estaba pensando en ellos, mientras avanzaba el tren, entre los muros verdes de la huerta, cañaverales y moreras, y la tierra se sentía cada vez más caliente porque del suelo se desprendía un vaho calentujo, y al pasar el tren cerca de los montones de excrementos de las vacas se escapaban pajarracos y nubes de moscas gordas y torponas, y el río se presentía a la derecha de la vía, entre exuberantes macizos de verde rabioso, una ribera que se hacía invisible por la arboleda, y yo que iba medio dormido me hacía el dormido del todo, porque ellos iban comentando, una vez más, y no sería la última, todo lo de tía Matilde, y hasta, creyéndome dormido, decían si yo ni la había sentido, pero mi madre salió en mi defensa: «Yo sé que la ha sentido, pero este chiquillo lo guarda todo dentro, y esto es peor, porque no se desahoga, pero yo sé que la ha sentido y que la quería, aunque ella, esa es la verdad, siempre se estaba metiendo con él», pobre tía Matilde, que se había quedado en Ciriza, un pueblo que ella aborrecía, porque decía que allí había muchos espiritistas, quién se lo había de decir, y yo iba pensando en todo esto mientras nos acercábamos poco a poco al cielo murciano, un azul que se hace lechoso, y que a veces deja profundos huecos hacia el misterio, o un azul-azul como tapadera de ese misterio, y la tierra que había sido hasta ahora morena, olorosa y fecunda, comenzaba a presentar algunos calveros blancos y resecos, aunque se advertía cómo poco a poco la mano del huertano iba robando tierra al llano mediante terrazas plantadas de naranjos o tomateras, y aumentaba a medida que nos acercábamos a la ciudad el trasiego y el trajín de frutos y mercancías, griterío de mercado y alboroto de camiones y carros, mezclado con el retozar de animales caseros en los corrales, desde el choto al pavo grotesco, desde las escandalosas gallinas a los roncos y lastimeros becerros, toda aquella música acompañada por las voces de los huertanos, de la acequia a la casa y de la carretera al árbol frondoso todo era vida en aquellos caballones, y de vez en cuando grandes redondeles rojos o largas ristras de pimientos encima de las enormes mesas de cañas, y como tío Cayetano había estudiado en el Seminario de Murcia conocía muy bien las moreras y no paró hasta que me enseñó dónde tenían los huertanos las camas cubiertas y triangulares de los gusanos de seda, qué laboreo tan gozoso bajo el fuego de un sol quemante, los hombres con los calzones subidos para meter los pies en los canalillos del agua, y las mujeres con pañuelos en la cabeza entre las altas matas y cañas que separaban las hortalizas, el sembradío copioso bajo la sombra de los árboles, hasta el mismo pie de la higuera y del albaricoque, arboleda rebosante donde cantaban locamente las chicharras, floración esparcida a capricho donde asomaban los colores de las dalias, entre las blancas sábanas colgadas a secar, la torre de los jazmines y el interminable campo de los alhelíes, todo en inundación olorosa hasta el sombreado túnel de la carretera, descubrimiento de una región de la que siempre se hablaba como de algo entrevisto en sueños, miel colgante del melocotón o frescura del melón casi escondido en la tierra, cima prometedora de la palmera con su oro en racimo y tupido bosque del naranjal con el azahar como una joya de pureza embriagadora, población deliciosa de los insectos dormidos en la universal dulcedumbre, sonsonete de un habla rústicamente cariñosa y bandadas de palomas descubriendo la terraza de los casales; había aquí, por supuesto, menos luto que en Hécula, aunque la gente muriera lo mismo, y el agua, de trecho en trecho, se hacía espuma refrescante y promesa de cosecha abundosa, y todo el mundo portaba algo sacado de la tierra, lo mismo en los burrillos con sus agüeras rellenas que en los capachos que llevaban a la mano, o en la cabeza, las mujeres, con su negrura de ojos, el colorido de sus faldas y pañuelos y el firme andar que da el moverse entre surcos y senderos oscilantes, y la cada vez más vasta llanura verdeante entre altas montañas; y corría el tren a la par del río pero sin verlo todavía en su revuelta y mansa peregrinación hacia el mar, arrastrando bichos domésticos, limones o frutas podridas o maceradas por el pedrisco, color rojizo y amarillento de sus aguas por las tierras y arenas de su caminar, por las tierras sedientas o por las tierras carnosas y blandas de la huerta mollar y carnal en donde el río se encajona como un toro herido de ojos vendados y cornamenta plegada hacia la propia testuz, y también entre palmeras y palas de higos chumbos, algunos cipreses, y detrás la muralla del cementerio, y luego el paso a nivel del tren que recorrería la huerta como un alfanje árabe cortando pulpa y fragancia, corral y huerto.

Ya estábamos en Murcia y el chófer que nos llevó desde la estación tuvo que preguntar varias veces hasta dar con aquella callecita de balcones con geranios y rejas, en aquel rincón de la ciudad, al abrigo casi de la catedral, una calle que era como de tránsito o salida de algo importante, ya no recuerdo bien, pero recuerdo que a ella daba la puerta de la parroquia de San Lorenzo, y otra puerta era la de un agente de seguros, otra del taller de un sastre, la puerta trasera de una tahona-confitería, que olía muy bien, y había varias casas más con portalón y cancela, viejas mansiones habitadas en otro tiempo y ahora vacías, y había también un local que tenía billares y un bar concurridísimo hacia el rincón, y una casa con banderas y escudos que eran las oficinas de la UGT, y una tienda de palomas y piensos, otra tienda de pinturas, y entre todos estos edificios dispares, pobretones unos y recién edificados otros, la mayoría, como he dicho, eran el reverso de casas que tenían su puerta principal en la otra calle paralela, que era más concurrida y principal; pero de nuestro piso, en el que no vivía nadie, era tío Cayetano el que llevaba la llave en su bolsillo y venga

150

a buscar y no la encontraba: «La habrá perdido», dijo tu madre y añadió: «maniático, por no dejármela a mí», y en seguida armó la pelotera tío Cirilo diciendo que había que hablar con más respeto a tío Cayetano, sobre todo porque «siendo ministro del Señor, todo el mundo le debía respeto y consideración», y tu madre insistió bajando la voz, y añadió: «Hay gente en los balcones de enfrente», y desde luego era una escena increíble el bajar tanto bulto, pero tan pronto mi madre tuvo la llave aquel lío comenzó a deshacerse y, entre Rosa y yo, llevamos al rellano de la escalera los paquetones nuestros y luego ayudamos a tía Teresa y a nuestra madre a subir todo lo demás, y de golpe tío Cirilo se puso hecho una furia, que él solo quería subir la escalera con todo, y aquella casa era un primer piso con tres balcones a la calle y uno interior que daba a un patio terraza y que habría de ser el refugio salvador, aparte de aquel bajo misterioso que ponía el letrero «Almacén» en su puerta, y yo estaba maravillado de aquel piso, con su mesa camilla, el aparador, unas camas muy bonitas, las lámparas, y la cocina, que fue lo primero que revisó mi madre mostrando su conformidad, y tío Cirilo, que era de los de comer pan y cualquier cosa, porque tía Teresa era algo vaga, cuando le daban platos cocinados comía como un desesperado, y en eso era todo lo contrario de tío Cayetano que necesitaba que la cocina estuviera siempre lista y no sólo para la comida casera de entrada, sino de todas las añadiduras de dulces y postres, que en esto era un verdadero señorito, y tampoco le gustaba comer sin vino; pero la comida era el momento propicio en él para la reprimenda colectiva y después, uno por uno, comenzando y terminando por mí: «Este chico está totalmente ineducado, fijaos el ruido que hace al tomar la sopa», y entonces me imitaba para burlarse, y a mí me daba risa, y esto era lo peor porque entonces me pegaba un coscorrón, lo cual hacía saltar a mi madre que le decía que se tuviera las manos quietas, que no se me debía pegar en la cabeza y que la tenía tomada conmigo, y añadía: «Siempre que nos sentamos a la mesa la tienes que armar y además siempre con el chiquillo»; otras veces me tenía que mandar que me levantara de la mesa y que fuera a sonarme, porque decía que hablaba gangoso, que no me sonaba nunca, que era un sucio, y ya estaba mi madre poniendo mala cara, y si estaba tío Cirilo a lo mejor pedía: «Que haya paz», pero mi madre muchas veces acababa llorando, y tío Cirilo también solía decir que «los chiquillos no debían de comer en la mesa de los mayores», y esto era lo que más rabia me daba porque yo ya no era un niño ni mucho menos, pero seguía siéndolo para todos ellos y quizás era mi madre, con tenerme mimado, como decían, la que me consideraba más dentro de mi edad, y lo peor era cuando mi hermana, que era mayor que yo, tiraba un vaso lleno de agua, y hasta un día tiró el porrón del vino al suelo, y los cristales rotos mezclados con el vino ponían a tío Cayetano fuera de sí, y es que mi hermana estaba siempre en la luna, pero tío Cayetano, en estas ocasiones, se iba de la mesa, se metía en la cama y empezaba a gritar como si lo estuvieran matando: «Ay, ay, ay,

Dios mío, que me muero, que me muero, me matáis, me matáis»... pero todos sabíamos que no se moría, porque lo había hecho cientos de veces, y entonces toda la casa andaba revuelta, la comida se acababa y a tío Cayetano se le hacía un tazón de tila, y las risas se mezclaban a los lloros, y allá iba mi madre, toda cariñosa, a rogarle que tomara la tila, y en aquel piso de Murcia todo era peor, porque en la casa de Hécula al menos tío Cayetano se encerraba en su sala escribiendo y repitiendo sus sermones, y allí dormía la siesta en su sillón, aunque teniéndome a mí al lado siempre que podía, y me ataba con el cíngulo para que, si me movía, él en seguida lo notaba, y así me tenía allí amarrado para que no pudiera andar por la casa haciendo ruido, decía él, y yo tenía que quedarme allí, viendo cómo cerraba los ojos y abría la boca de una manera que me daba hasta miedo, y empezaba a roncar que estremecía la lámpara y los cuadros, aquel Niño Jesús con san Juan Bautista a la orilla del Jordán, y aquel Corazón de Jesús que había detrás de la puerta; pero aquí en Murcia era todo peor, aunque la casa me gustaba, pero estaban tío Cirilo y tía Teresa, que vivían en perfecto desorden y hasta suciedad, y mi madre en cambio era una maniática de la limpieza, porque tío Cayetano lo tenía impuesto así, porque él venía detrás y pasaba los dedos por los muebles, por los marcos de los cuadros, y miraba el cristal al trasluz, a ver si estaba perfectamente transparente, y a mí y a Rosa no nos dejaba tocar nada: «No toquéis nada, no se puede tocar nada, no es nuestro, es de don Jacobo, y no tenéis idea de lo que valen esos platos, y esos cuadros, todo antiguo, cosas de valor, y todo tiene que quedar como lo dejaron, y mejor si puede ser, que hay que ser agradecidos, agradecidos, sobre todo»; y en seguida tío Cirilo y tía Teresa habían sacado sus cachivaches y se instalaban como podían, y mi madre iba repasando todo lo de la cocina y el baño, y apuntando lo que faltaba y habría que comprar, pero tío Cayetano en seguida se echó a decir, precavido: «No creas que tenemos dinero, prácticamente hemos salido con lo puesto, ya lo sabes», pero mi madre le contestaba: «Ya sé, ya sé, pero no irás tú ahora a desconfiar de la divina providencia y de san Cayetano, que lo estás predicando todos los días desde el altar; yo no pierdo la confianza», «Sí, pero quién sabe aún lo que habrá que gastar, lo que nos espera, ya ves los tiempos que corremos, y si no fuera por estas buenas familias...», «Vamos a vivir, Cayetano, después Dios dirá», replicaba mi madre, pero tío Cayetano se encerraba hasta en el retrete para contar y recontar el dinero sin que nadie le pudiese husmear, y contaba y guardaba hasta la calderilla, eso que ahora llamamos «moneda fraccionaria», y cerraba la bolsa, apretaba el puño, ponía cerrojo a la menor alegría en el gasto, pero tu madre insistía «de todos modos nos tenemos que morir, y ahí queda eso», y lo hacía queriendo dar a la vida, aún en medio de los peligros y las incertidumbres que nos acechaban, un aire más vital y generoso; pero los tíos, los dos, se juntaban, tan pronto podían, para hacer números, mientras manoseaban los viejos testamentos, amasando poco a poco la postrer injuria para el primer muerto de la familia, que yo les oía cómo se estaban repartiendo ya lo de tía Matilde, y aún estaban seguramente calientes sus huesos en Ciriza, y decían que había que tener siempre las cuentas arregladas con Dios, bendito Dios, dichosas cuentas, menudo cuento, y las cuentas que más arreglaban eran las de la tierra, las del céntimo cicatero, las cochinas perras, y la que tenía que sudarlas era mi madre, ella siempre escasa, siempre mísera, siempre pidiendo, agradeciendo, rogando, sirviendo, oh fámula, ancila, esclava, uncida a la dependencia pedigüeña de unos tíos mezquinos, roñosos, beatos, hipócritas, híspidos y menguados, y ella, siempre animosa, a pesar de todo, siempre queriendo sacar alegría de los hirsutos bolsillos del hermano cura y cura regalón, atildado y comilón, pero un histérico, en el fondo, tan histérico como la pobre tía Matilde, sólo que los ataques le daban más de tarde en tarde, porque no tenía tanto tiempo libre, y tu madre siempre pendiente del hermano cura, que tenía la sartén por el mango, porque tenía la llave de la exigua despensa, pero que él no notara que no había, que a él no le faltaran sus dulces, sus aperitivos, su vinillo añejo, y si algo faltaba sería para ella, y si alguien había de pasar hambre, había de ser ella, y disimulando; y a todo esto tío Cirilo y tía Teresa estaban sólo pendientes de su hija monja, y los dos se disponían, vestidos de domingo, a encaminarse hacia el convento, qué sería de ella, qué estaría pasando en el convento, que si era menester se la sacaba fuera de la clausura, y tu madre aconsejaba que se llevaran ropas de mujer para sacarla, si era necesario, disfrazada, Dios no lo qui-

155

siera, y tío Cirilo ponía los ojos en blanco, «con lo feliz que es ella en su palomar divino», así mismo lo decía tía Teresa, que lo debía de haber leído en algún libro aquello de «palomar divino», y yo me imaginaba el convento como un palomar de verdad, y las monjas como palomas volando por los aires con las faldas, muchas faldas, faldas blancas, hinchadas por el viento, alrededor de la torre del campanario, aquella campanita que parecía rajada, pero tío Cirilo no quería ni oír hablar de llevarle ropa, «antes verla muerta que disfrazada de mujer», decía, que de lo que estaba más orgulloso era de sus hijos religiosos, de los misioneros, ellos habían acertado, ellos sí que estaban cerca de Dios, y gracias a ellos nos salvaríamos todos, porque los demás estamos en un mundo infestado de pecado, y todos vivíamos enredados en culpa, todo era culpa, condenados a la culpa, mientras ellos, los que habían sabido a tiempo retirarse de este mundo de culpabilidad, eran felices sí, felices ellos, que Dios los había querido para sí, afortunados en esta vida y ya no se diga en la otra, y todos nos veíamos, después de muertos, agarrándonos angustiosamente a los faldones de los tíos misioneros y de la tía monja para salvarnos de los horrores del infierno, o por lo menos, por lo menos, del purgatorio; y ya se iban tío Cirilo y tía Teresa, apresurándose, santiguándose, y habían hecho venir una tartana, y era bastante tarde, se les iba a hacer de noche en el convento, «ojalá se queden a dormir allí», dijo Rosa por lo bajines, como otras veces, recordaba Rosa que se habían quedado a dormir con la mandadera del convento, y hasta pudieran que-

darse a vivir allí, quién sabe, Rosa se entusiasmaba
con la idea, a lo mejor se quedaban para estar más
cerca de la monja, ojalá, porque la verdad era que
estábamos muy estrechos en aquella casa, mira por
dónde incluso la falta de tía Matilde parecía providencial, qué barbaridad, sólo pensarlo, pero Rosa decía, «¿dónde íbamos a meter a tía Matilde si no...?»
y no se atrevía a continuar, pero a Rosa y a mí nos
horrorizaba la idea de estar mucho tiempo en aquel
piso, y «no te asomes», «que no nos vean», «que
alguien nos puede reconocer», y sólo mi madre parecía dispuesta a emprender allí una vida renovada,
porque lo primero que hizo fue decir que había que
poner alguna maceta en el balcón, que aquello no
podía estar tan desangelado, bendita madre, «alegría quiere el Señor aun en lo más doloroso de la
persecución», decía, y era verdad que ella parecía no
abatirse con nada, y cuál no sería nuestra sorpresa,
para Rosa y para mí, cuando ella también dijo, en
un momento de sinceridad, «a lo mejor tío Cirilo
y tía Teresa se quedan a vivir en el convento» y
«ojalá» decíamos nosotros por dentro, sin atrevernos a pronunciar las palabras, además podríamos ir
a visitarlos alguna vez, y a nosotros nos gustaba ir
al convento donde estaba de abadesa la hija de tío
Cirilo, porque en el convento siempre nos pasaban
por el torno de la reja cosas dulces, deliciosas, y nos
gustaba cómo cantaban, como si tuvieran todas la
misma laringe gangosa, suave y cansina, y estaban
como encarceladas pero todas reían, aun las viejas, y
todas querían hablar al mismo tiempo, aunque la
que más hablaba era la abadesa, como era de cajón,

y a las jóvenes no las sacaban nunca, estarían dentro
haciendo manteles de altar y rizadas albas para los
oficiantes de las fiestas litúrgicas de altísima solemnidad, y después nos sacaban magdalenas, sequillos,
mantecados, y el vino dulce, y al rato llegó, llamando con dos golpes al picaporte de abajo, repetidas
veces, y yo bajé a abrir, una mujer de luto, que hablaba muy despacio y tenía alrededor de los ojos
como un aro morado, y ella apenas me hizo caso,
y se juntó con mi madre y la besa entre emociona-
dos suspiros: «¿Quién iba a decirnos...?», y ella
parece inocente como una mula a la que los niños
hasta tiran del rabo, y se sienta y se abanica: «No
molestes a Cayetano, ya lo veré después», y una vez
que mi madre se ha sentado al lado de ella, añade
muy compungida: «¿Pero, es que esto no ha de tener arreglo?», y cuando sale el nombre de tía Matilde las dos lloran, mientras tanto Rosa ya se había
colocado en el balcón a ver pasar la gente, y mi madre le dice que no lo haga, que puede pasar alguien
de Hécula, conocerla y delatarnos, qué espanto;
pero ella algo ve que le alegra en la calle, acaso
otros balcones con otras muchachas, las lentísimas
nubes que pasan por encima de la torre, la ropa que
se seca en las terrazas junto a las jaulas de las palomas, habrá que ver en qué está soñando, porque
de vez en cuando se mete a escribir y escribe algo
en una carta que ya había empezado en Pinilla y
que ahora seguramente echará al correo, sabiendo
ya la calle y el número donde vivimos, y suenan las
campanas como melones que casi se abren al tocar-
los de puro dulzones, y se van animando unas luce-

citas amarillentas en las esquinas y sigue pasando gente, muchachos en mangas de camisa, muchachas con vestidos alegres, huertanas con muchos bultos, hombres con sombreros negros y camisas blancas y un cigarro pegado a los labios, y mi madre y la visita siguen hablando y tío Cayetano, en un rincón, sigue con el oro sucio y viejo de sus páginas de breviario, mascullando palabras latinas que suenan a vacío, como hierba seca al lado del camino, y la callecita estrecha al anochecer huele a jazmines, y cerca viven, según nos han dicho, varias familias de las más ricas de Murcia, ciudad de ricos brillantes y de podridos ricos, de poderoso dinero guardado en sacos miserables, ciudad con siete coronas pero con mucha usura en el alma, oro machacado en forja de cuernos de los que embisten a los pobres, apellidos que presumen de cumplir con el Evangelio, pero que, descubiertos simplemente ante un macabro tribunal, quedarían con las entrañas al aire para que las devorasen los buitres, y algo de esto se olía desde allí, desde nuestro balcón: la pobreza sumisa que vivía de migajas y de la gloria intocable de unos medio judíos que hasta el apellido lo habían comprado en la lonja después de abonar misericordia a beneficiados y procuradores, gente que se había hecho creyente pero que nunca podría tener verdadera fe, gente que miraba al sacerdote como a un vulgar «perdona pecados» que bendice complacido, pero que no ha entendido ni entenderá nunca el misterio de la pobreza; gente que no ha gozado, que no gozará nunca, ni siquiera de su propia riqueza; gente que estaba dando dinero para comprar armas pero le te-

159

nían sin cuidado los obreros parados que ni siquiera tenían cazuela para ir a recoger algo en alguna cola imposible; pero se seguían comprando armas y todo se iba a resolver con los generales y los muchachos señoritos que habían hecho el juramento de morir para salvar a España, y entre aquellos ricachos y títulos, opulentos comerciantes abusivos y aristócratas arruinados yo me fijaba, y mi madre también, en aquel pequeño con el pelo blanco y unos bigotes retorcidos, que iba de allá para acá con bultos, hilos, cajas, púas, cartón y retales, hombre de chiste y de cordialidad y que era de los más ricos, y no se le notaba, porque era asequible como un franciscano, con risa de niño y cordialidad de gran señor, sí, aquel podía ser, y seguramente sería, de los pocos ricachones que habían de cruzar con toda sencillez el coso de la aguja, buen tipo, feliz padrefamilias que no podía saber lo que era tener remordimientos, y acaso los otros no lo comprendían, piel de samaritano, trabajador incansable que seguramente había llegado a Murcia con las alpargatas en la mano, y una de sus manos nunca supo lo que la otra hacía en desprendimiento, y no se daba importancia, y era raro entre aquellas calles de poderosos desalmados, porque la verdad era que Murcia hervía de pobres y lisiados, de ciegos y borrachos, y enloquecía de ruidos y de chismes y se sucedían las visitas y aquella visita de la mandona me estaba poniendo frenético, y también ésta traía otro sobrecito para tío Cayetano, pero ella era seguramente la emisaria de aquel mundo al que no habíamos llegado más que por referencias o visitas, pero que ya era un gran favor que no nos consideraran chusma, y aquella visita, por las cosas que decía, me estaba haciendo un gran daño, porque yo pensaba otras muy distintas y algunas en contradicción conmigo mismo y algunas también que llevaban una increíble carga de ira, y no podía dejar sola en sus pensamientos a mi madre, que era escueta y digna, con la sencillez de la pobreza convertida en santidad, y así murió como murió y así murieron y tuvieron que morir todos aquellos protectores que se anticipaban un triunfo que había de ser martirio para muchos, y ellos mismos efectivamente podían recibir en cualquier momento una muerte semejante a la de don Jerónimo, y yo quería a don Jerónimo, no puedo negarlo, pero él no terminó de quererme nunca a mí, porque me consideró siempre el muchacho de la alcancía, el que hace recados, el que le hace algún favor extraño, como llevar una carta, Dios sabe para quién, y mi madre repetía: «No estamos preparados», y no lo estábamos, y ya para mí fue la puntilla cuando entró aquella otra morena delicada que se hacía la vulgar para exagerar poco a poco su exquisitez, y qué emoción y cómo se arrodilló y cómo besó la mano de tío Cayetano, y la tonsura de carne de pergamino sonrosado de mi tío se puso resplandeciente como un pequeño disco solar en crepúsculo, y mi madre se excusó diciendo que, como estábamos recién llegados, que le perdonaran como las recibíamos, pero ella dijo que tan pronto Jacobo la había llamado, ella se había puesto en actividad, y que al día siguiente tendríamos todo lo que hiciera falta, que esta casa solamente era un piso apeadero para

161

cuando Jacobo venía a la Semana Santa o a la Batalla de Flores, y era una suerte estupenda tener por lo menos un colchón y una almohada, una cocina y una mesa, y dado que todo iba a ser cosa de una semana, lo más, la cuestión era acomodarse como fuera, pero por si acaso, ella traía una listita con dos o tres casas donde podía haber sitio para la muchacha o el zagal, que eran familias que ella había visitado después de los sucesos y estaban bien, «eso sí que es de agradecer»; repetía mi madre, y doña Ifigenia, que así se llamaba aquel «ángel enlutado», que no acababa de irse, repetía a su vez que «para eso estamos» y que «había que ayudarse unos a otros» en aquellas circunstancias de desamparo y persecución; y la vida en Murcia transcurría entregada a las visitas y a las novenas, y todas las visitas comenzaban con mucha tristeza y pesimismo diciendo: «Ay, chica, lo que pasa», «Es incomprensible lo que está sucediendo», «Pero Dios se cansará», «Y los militares también», «Parece que se hayan abierto las puertas del infierno», y al final aquellas visitas entre perseguidos siempre terminaban con unas pastitas y un vasito de vino o de mistela, y luego estaba lo de tomar el pulso a la ciudad, que vivía pendiente de lo que se vende o se compra y todo concluía en chistes y bromas de mostrador y caja registradora, «lo importante es traerse el dinero aquí», «el dinero y las cosas de valor», y las familias huidas tenían un gran marco de fianza, «ya pagará, no se preocupe», pero tampoco había que provocar, «Dios no lo manda», y era peligroso llevar las medallas y el Cristo en la solapa o en el pecho, que lo único que arrancaban eran blasfemias, «Dios los perdone», o «Dios los confunda», y se hacían pequeñas excursiones al monte o a la costa donde se respiraba vida sana y perfumada, y quién sabe si lo mejor no sería comprar un piso o una casita de recreo y evitar el pueblo «donde todos nos conocemos», y Murcia seguía impertérrita los vaivenes de la política y la presencia de los refugiados, que buscaban relación y trato con las familias murcianas de más abolengo y dinero, y hasta era posible que salieran algunos matrimonios de los noviajes que habían surgido, era lo natural tratándose de apellidos ilustres con sólido patrimonio, «algún beneficio tienen que traer estas revolicas», y «Dios escribe derecho en líneas torcidas», y aquellos fugitivos poco a poco se iban dorando en el horno murciano, entre siestas y aura de la huerta, entre sopor nirvánico y nubes de incienso, entre regateos y aromas evanescentes, entre jaculatorias de sacristía y sesiones de música, entre apuestas sobre la caída del gobierno republicano del odioso Frente Popular y cotizaciones para la causa de Dios, Patria y Rey, y los perfiles y los gestos de los que había arrastrado el aluvión revolucionario se iban afinando en la retorta de la vida provinciana, y Murcia seguía con sus fieles campanas, sacando constantemente paciencia y regusto mundano de la noria de Las Cuatro Esquinas, y hasta la fiereza del habla de los pueblos de secano se iba dulcificando con los giros y diminutivos melifluos de los pueblos del azahar y el limonero, y los días transcurrían en paz con la secreta esperanza de la futura subida de los militares al poder.

Y tengo que decir, ahora, desde el recuerdo, que para mí aquellos días en Murcia, aparte el nerviosismo político que lo mismo nos hacía aparecer ante nuestros propios ojos como desterrados que como conspiradores, y aparte de todo esto del visiteo de curas y gente rica, fueron días felices, y me encantaban porque cada día comíamos en un restaurante o casa de comidas distinta, y todas tenían manteles caseros y antes de empezar a comer ya estaban sobre la mesa los espárragos, los rábanos, las aceitunas negras o verdes, las habicas tiernas, y algunas veces apio, como mi madre decía en broma: «¿Y tienes al niño muerto teniendo apio en el huerto?», y en estas casas de comidas de por el puente siempre había gente de los pueblos y de la huerta, mezclando la pana con las blusas y las faldas con los pañolones, y todos venían por ver al médico o por un juicio en la Audiencia, o porque tenían al niño colegial enfermo, y Murcia resonaba de tartanas y gritos, de saludos y risas, de prisas sudadas y de cacareos o gruñidos de animales, gallos y gorrinos, y yo me quedaba embobado viendo las palomas metidas en jaulas y zureando, y nunca había visto pavos con un moco tan grande, y después de comer nos sentábamos en un banco del Parque y tomábamos lentamente un helado o pipas, y las campanas de la catedral parecían atontar a los murcianos, que iban de un lado para otro como mareados, hablando a solas consigo mismos, calles estrechas cuya sombra daba ganas de sentarse en el mármol de cualquier entrada, y había muchos guardias de asalto parados en las esquinas donde se vendían los periódicos, y de vez en cuando los mozos se atizaban y la calle quedaba desierta por un momento, y como estaba recién regada parecía una bañera descomunal, y Murcia entera era como un mirador corrido, como un amplio y enjardinado balcón que diera a la calle, y en cada hueco de ventana o cristal de mirador había calvas o moños compuestos curioseando el barrio, niños golfos en los portales, mujeres en corrillo, hombres en camiseta que dormían su siesta, vida de modorra y también de felicidad vegetativa que se revolvía como la verde y moviente cama de los gusanos de seda, vida sedurmiente arrullada por las voces cantarinas entre el vaho soporoso de la huerta y las campanadas lentas y profundas que hundieron mis catorce años en un nirvana de ensueño y felicidad torpona; recuerdo que desperté de este dulce letargo cuando se habló de que mi madre y yo teníamos que volver al pueblo para arreglar cosas allí, y entonces yo, en secreto, me compré dos paquetes de cigarrillos canarios, y no sabía dónde esconderlos hasta el momento del viaje, terrible angustia que me mantuvo en vilo durante unos días, y es que, de hecho, aquellos días murcianos habían despertado mis sentidos hasta el enervamiento y me sentía, creo que por primera vez, un hombre, y me salía a pasearme con cualquier pretexto por las calles empedradas o asfaltadas y gozaba de mi soledad como quien se bebe un néctar a escondidas, y me gustaba sobre todo encontrarme en la calle cuando llegaban los regadores que hacían correr hacia las alcantarillas los excrementos de los animales, y yo respiraba aquel aire cuajado de gotitas finas como quien toma un sorbete, y el suelo se quedaba reluciente como un espejo, pero por poco tiempo, porque en seguida estaría otra vez lleno de papeles, cortezas de frutas y otras inmundicias, y estar en la calle en aquel momento era como asistir al nacimiento de algo, al renovamiento de algo inconcreto y confuso, y volvía a casa con el pecho hinchado de alegrías nuevas y de nuevas esperanzas que se agotaban en el lecho con la duermevela angustiosa de las exigencias sexuales.

Murcia era una ciudad invadida por los refugiados de los pueblos, los que eran perseguidos, o se creían perseguidos, y huían de las vecindades conocidas, buscando escondite, seguridad, anonimato en la capital, que era un patio de vecindad más; pero poco a poco iban llegando noticias, la ola de detenciones, de quemas y de muertes había cesado y entonces las familias iban regresando al sitio de origen, o se trasladaban a otras provincias, donde tenían casa y familia, y en la nuestra también cundió el deseo de regresar, y la primera que dio el suspiro por volver al pueblo había sido mi madre, que era un gasto inútil vivir allí, teniendo una casa tan hermosa en el pueblo, y yo también quería volver con mi madre, «no nos van a matar», decía ella, y se empezó a pensar en el viaje de vuelta; pero tío Cirilo y tío Cayetano, de acuerdo, habían convenido en que yo fuera por las mañanas a dar clases de latín al seminario, y no debía perder clases, pero cuando llegó la hora de que mi madre hiciera un viaje de descubierta al pueblo, a ver cómo andaban allí las cosas, y de paso a sacar dinero de la Caja de Ahorros, y otras diligencias, en el último momento tu madre no quiso separarse de ti, ya que Pascual y Manolo seguían internos en los Maristas, y así fue cómo salimos de vuelta hacia Hécula, contra viento y marea y contra todos los tíos del mundo, y fuimos cogidos de la mano, lo recuerdo muy bien, y con cierta alegría en los rostros y en los movimientos, sobre todo tu madre, que ya nunca la verías tan ágil y dispuesta como aquel día, y tan valiente, y nos sentíamos felices, juntos en el trenecillo de vía estrecha, y al llegar al pueblo es cierto que las calles estaban más solitarias que antes, y que algunos vecinos mostraban el miedo en sus semblantes y en sus palabras, pero para nosotros el único dolor importante eran las ruinas de San Cayetano, y también mi gran sorpresa fue que no había nadie en la fuente cobrando los cántaros de agua, sino que el grifo estaba abierto y cada cual llenaba las vasijas que quería, y una tarde quisimos visitar la casa de don Jerónimo y la encontramos completamente cerrada, y nadie nos abrió después de mucho llamar, hasta que una vecina nos dijo que la familia había huido toda a Valencia, y luego lo que también fue un motivo de sobresalto para mi madre era que en la Caja de Ahorros nadie podía sacar el dinero que quería, sino que a cada uno le daban la mitad o la tercera parte de lo que pedía, según, y algunos días no daban nada a nadie, y menos mal que mi madre supo mantenerse firme y suplicante con el director de la Caja, y consiguió sacar también para tío Cirilo y tío

167

Cayetano, que para eso le habían dado sus autorizaciones, y aquel día, cuando íbamos a pagar la contribución de la casa y otras cosas, nos salió en el callejón el ciego de la lotería, que conoció a mi madre por la voz, qué cosa tan rara, y el hombre hizo muchos extremos de alegría y de afecto por estar junto a mi madre, y luego venga a insistir en que le comprara el número que llevaba, y decía que nos iba a tocar, que lo sabía él seguro, y mi madre, la verdad es que la vi un momento como abstraída, pero también como inspirada, como si oyese otra voz muy distinta a la del ciego, el caso es que tuvo el arrebato repentino de comprar cien pesetas, nada menos, una barbaridad, todo lo que el ciego llevaba, y yo pensé luego muchas veces por qué mi madre haría aquello, que podía parecer una locura, un despilfarro o una aberración, en ella que era siempre tan mirada y tan gobernadora, y parecía imposible que pudiera haber tenido aquel momento de genialidad, y lo tuvo, seguramente como un desquite, como una reacción de libertad, lejos de los hermanos que la tenían atosigada, atada y maniatada con el cordón de sus mezquinos bolsillos, y a mí me pareció algo maravilloso, y seguimos nuestro camino tan contentos, sin decirnos nada, pero sintiendo como si lleváramos la fortuna en aquel papelito, y así había de ser, que al domingo siguiente, cuando estábamos en la misa de la Purísima, entró el ciego hasta dentro, tanteando los bancos y preguntando a todos hasta que llegó a nosotros y le dijo a mi madre muy emocionado: «sois ricos, sois ricos, os ha tocado», y al principio ni sabíamos lo que quería decir, pero en

seguida mi madre se dio cuenta, se puso de rodillas
y empezó a rezar casi en voz alta, con las manos le-
vantadas al cielo, y rezaba una *salve* y todo el mundo podía oírla, y el ciego se había salido y nos esperaba en la puerta, y mi madre le dijo que tenía el
papel guardado en casa, y efectivamente era nuestro
número el que venía en el periódico, estaba bien
claro, y qué suerte, no lo acabábamos de creer, sobre todo yo, porque mi madre era como si lo espera-
se, y es que ella en seguida se hacía cargo de todo,
de lo bueno como de lo malo, y en seguida pensó
que había que poner el número en sitio seguro, y
primero pensó llevarlo a la Caja, pero como era
domingo y estaba cerrada, nos fuimos a ver a nuestro primo el notario, don José, que dijo que ya no
nos preocupáramos, y mi madre le dio quinientas
pesetas al ciego, y le pidió que no dijera a nadie lo
que nos había tocado, pero de todos modos la gente
se enteró, aunque nunca supieron la cantidad exac-
ta, y mi madre llamó también por teléfono a Murcia,
y les dijo algo pero no todo, y repitiendo siempre
que era un milagro de san Cayetano, pero tío Cirilo, ya por teléfono empezó a decir que el dinero
había que entregárselo a tío Cayetano, que para eso
era el jefe de la familia, y además era un ministro
del Señor, y mi madre entonces le dijo que el dinero
lo iba a recoger nuestro primo el notario, y que más
adelante hablarían de todo, pero yo recuerdo este
momento de mi madre y no diré que me pareció
orgullosa, porque mentiría, pero sí la sentí libre, li-
berada, fuerte, dueña de sí misma, segura frente al
tío que estaba al otro lado del hilo, y ojalá le dura-

se esta seguridad, y aquel día, y todos los días después, cuando vimos el montón de billetes en casa del notario, y luego los· llevamos al banco, mi madre parecía otra mujer, parecía más joven, y los dos éramos felices y nos brotaba la alegría como cuando se va de excursión o de jira campestre y se espera que todo sea espontáneo, natural y puro, y se puede decir que así fue durante unos días, en los cuales pude comprobar que se vive bien y se es feliz cuando hay una esperanza, o una esperanza de esperanza, porque en aquellos días, tu madre y tú hicisteis cientos de proyectos, y todos eran ilusionadores, desde volver a Alicante, a pasar unos días en un hotel, los dos solos, porque decía tu madre que en aquella capital tú te habías curado de pequeño y por eso deberíamos volver porque sería llenarnos de salud y de alegría ya para siempre, o también soñábamos con comprar un terreno y una casita en el campo, pero campo campo, por cerca del Arabí o de La Magdalena, sitios donde se daban bien la uva, los frutales y hasta las hortalizas, si había agua, y decía tu madre que nos iríamos a vivir en el campo, y si tío Cayetano no se quería venir, porque él tenía que estar en el pueblo para decir misas, pues que se quedara, que podía vivir con tío Cirilo y tía Teresa, y hacíamos proyectos que ponían el mundo en nuestras manos, un pequeño mundo por supuesto, un mundo limitado a un huerto y una casita, una viña y unos frutales, tú y tu madre y Rosa, porque tus hermanos estaban bien en los Maristas, en Murcia, y allí se quedarían, y era como si tu madre no pensara que tú también deberías estar haciendo algo por tu porvenir, era como si tu madre no pensara que tú también un día te ibas a quedar solo, y tan pronto que iba a suceder, quién se lo hubiera dicho en aquellos días, pero, recuerda bien, que en aquel momento todo parecía un sueño, y no había ni siquiera pasado, no había más que un futuro de despreocupación y de libertad, y qué poco había de durar, y cuántos disgustos había de traer aquel dinero, que si sirvió para darnos una ilusión de vida, sirvió también para muchas peleas familiares, y hasta para llevarse la vida de mi madre, que poco duran los sueños, que lo aprendiste entonces y no tienes que olvidarlo, sueños que uno desearía que pudieran continuar, pero que rara vez se consigue atar ese nudo dichoso que enlaza ideal con realidad, y si dura poco la felicidad bajo el techo del pobre, también dura poco la ilusión en la cabeza del soñador; pero a veces hay saltos, sorpresas inesperadas, eso que algunos llaman milagros, y tu madre y tú así lo llamábais y así lo creíais entonces, pero otros los llaman carambola, casualidad fortuita o suerte misteriosa, vaya usted a saber, el golpe prodigioso, la imprevista providencia, eso de que nos llegue aquello por lo que rezamos, o que nos sorprenda exitosamente aquello por lo que nunca hubiéramos rezado, ni atrevernos a rezar por ello, y luego la desazón, la desconfianza, el desconsuelo, la desesperación, el súbito mazazo, oh, delirio de los sueños, engaño de los sueños, trampa de los sueños, duro despertar, como una jugarreta del destino, o una broma del buen Dios, del oculto Dios, o quién sabe si zancadilla del demonio, quién puede saber en ma-

171

nos de quién están nuestros sueños más gozosos, que así pasan sobre nosotros como nubes de verano y nos dejan totalmente vacíos, desconcertados, y sólo recordarlo, madre mía, me sume en una especie de dolor o culpa, porque, vamos a ver, hasta qué punto tú, tu sola existencia, tu amor por tu madre y el de ella por ti no han desencadenado todos los acontecimientos que ahora tendría que contar, y que me cuesta contar, porque ya todos los recuerdos, aun los más alegres, son dolorosos, punzantes, y cuanto más alegres más lancinantes, porque vivimos alegremente muchas veces los acontecimientos más proclives a la tragedia, aquellos que en la cumbre de la euforia insensata y la esperanza más ilusa nos están conduciendo inexorablemente a la mayor desolación, como cuando te quedaste sin tu madre, después de haberla visto, en el colmo de la felicidad, rebosante de paz, sentada en su sillita baja de esparto, a la puerta de la casita que habíamos comprado en La Magdalena, cuando te decía: «Me gusta este sitio porque desde aquí podemos ver cuando se enciende la lucecita de la Virgen del Castillo, y esto es una suerte, porque, ¿ves?, aunque parece que estamos lejos del pueblo, estamos cerca por la luz del Castillo», y era verdad, que mirando en los atardeceres aquella luz nos sentíamos unidos al pueblo, casi dentro del pueblo, y al mismo tiempo lejos de las luchas, las cotillerías y las intrigas del pueblo, un pueblo donde siempre se luchaba por algo y siempre con la fuerza y la violencia por delante, donde siempre se hablaba del espíritu pero sin inteligencia, con rutina y odio, siempre pensando en la muerte, siempre odiando la vida, donde todo heroísmo consistía en exacerbar lo siniestro, matando la sencilla alegría de cada amanecer, ahogando la natural y espontánea operación de respirar hondo, donde los pobres campesinos tenían que estar siempre pendientes de las argucias leguleyas de cuatro señoritos vividores y viciosos, donde la cultura era un pecado, y la libertad un sueño de tinieblas, pero era tu pueblo y lo amabas, era tu pueblo y tú mismo eras hechura de ese pueblo, y no puedes negar que tú también eras feliz contemplando la lucecita del Castillo, y que aquella lucecita te hacía sentirte unido al pueblo, y te daba seguridad, aunque tantas veces habías sentido miedo en aquel pueblo; pero ahora, desde el tosco y ruinoso pilón de la casita de «El Algarrobo», te parecía que Hécula, tu pueblo, era el mejor pueblo de todos los alrededores, y por supuesto, ni Pinilla, ni Ciriza, ni ninguno se podían comparar con Hécula, y sobre todo cuando veías a tu madre tan activa y risueña, haciendo proyectos para arreglar la casita, porque lo que no dije todavía es que tu madre, dicho y hecho, había agarrado con una gran vehemencia y con una ilusión enorme aquello de invertir el dinero en una casita de campo, y nos pasamos varios días visitando campos y casitas, con hombres diferentes, unas veces encargados, otras veces los propios dueños, y nuestro primo el notario, don José, el de los botines, nos ayudaba en esto, y ahora comprendo la confianza que tu madre tenía en ti, cosa que nunca he podido agradecerle, y no puedo perdonármelo, que todo después había de suceder tan de repente, que ni tiempo para darte cuenta de nada, y esto es lo que te ha dado ese reconcomio para toda la vida, que tu madre no quería que te separaras de ella, ni ver ninguna casita si tú no la acompañabas, ni comprar nada que no fuera de tu gusto, y fue cuando por fin los dos coincidisteis en aquella casita que era pequeñísima, y habría que agrandarla, decía ella, pero que tenía un algarrobo precioso que daba sombra a un pequeño poyo que había en la puerta, y tú te sentabas en el poyo y tu madre en la sillita de esparto, sobre todo al anochecer, y todo se hizo muy rápido con la ayuda del primo notario, casi sin que se enteraran los tíos que seguían en Murcia, y cuando llegaron despavoridos ya no pudieron hacer nada, y yo creo que tu madre se reía por dentro de ver la rabieta de tío Cirilo, porque tío Cayetano lo recibió con más elegancia y dijo que se iba a su curato de Pinilla, y yo fui quien contó los billetes, setenta y cinco mil pesetas, y yo los conté uno por uno, y nos dieron la llave en el acto, y cuando fuimos los dos solos a abrir la casita salió una rata corriendo y mi madre se asustó mucho, pero después nos reímos los dos, y sentados en el poyo de la puerta miramos el pueblo y el monte y vimos que estábamos bastante cerca pero al mismo tiempo lejos, y era un gozo especial con mezcla de algo de miedo, un miedo raro, el miedo del silencio, de la soledad; pero en seguida empezamos a soñar, cómo arreglaríamos la casa, llamaríamos a Raimundo, el maestro de obras, que con un par de albañiles nos harían lo necesario, incluso un retrete, sobre todo y antes de nada un retrete, nada de tener que salir a hacer las necesidades afuera, entre los mato-

174

rrales, con miedo a los bichos y a los perros, que ya no sería el primero que tenía que salir corriendo con los pantalones bajos porque una lagartija se le había metido por la pernera, pero nosotros tendríamos nuestro retrete, con su pozo negro, que Raimundo, el maestro de obras, decían que tenía especial arte para hacer los retretes, y también tendría que hacernos una escalera para subir a la cámara donde podríamos colgar los melones y las uvas, y si llegábamos a tener agua hasta tomates, lechugas y patatas, que la tierra daría de todo si aquel pozo ciego llegaba a ser alumbrado, porque el agua de los reguerones pasaba lejos y resultaba cara, y estaba visto que la única salvación iba a ser el pozo; pero tu madre meditaba y meditaba, y hasta de noche me hablaba, de cama a cama, de todo esto, aunque mi hermana, que dormía con ella, se ponía furiosa y decía que no la dejábamos dormir, y a ratos se volvía contra la pared gritando: «No quiero saber nada de la casita ni del algarrobo», ella siempre era así, despegada y fría, y a veces hasta se ponía a cantar alguna canción de burla contra la casita, ella tenía más inteligencia que todos juntos, pero algunas veces la malicia y el desdén se le cristalizaba en aristas de pedernal que a mí me daba casi miedo, y era mi hermana, pero en ella parecía que todo estuviera afilado, dispuesto a herir, todo por orgullo castigado y por eso que ahora se llama represión, cosas que ocurren cuando una muchacha no puede hacer lo que quiere, ni amar a quien ama, y llega un momento en que ella misma sabe que va a cometer una locura o un error, pero lo comete, como si sólo deseara castigarnos a

175

los demás, y qué poca suerte había de tener la pobre, pero entonces estaba en una plenitud juvenil de belleza y orgullo que la hacían una criatura salvaje, y aquellos años de la casita de campo fueron para ella una tortura, ahora lo comprendo bien, y mi madre creía que el campo era la salvación para apartarla de aquel novio, al que mi madre no quería ni ver, ni oír hablar de él, pero ella se vengaba coqueteando con todos, lo mismo le daba el albañil que el seminarista que venía a darme clase a mí, que luego lo contaré, una frustración que se le hacía chispas en la mirada, y mi madre sin darse cuenta, y así pasó lo que pasó, pero vosotros, tú y tu madre, en la luna, pendientes de la casita y de vuestros sueños, ni olerlo, que vosotros estábais obsesionados con las obras y con el pozo, con la huerta y con hacer un corralillo para los animales, porque si había agua, habría alfalfa y podríamos tener unos conejos, gallinas, y hasta un cerdo, no te digo nada el cerdo que podría criarse con la fruta podrida, la que caería al suelo, y sobre todo si agarraba el panizo; pero mi madre repetía: «No quiero hacerme ilusiones», y otras veces me decía, «¿ves ese aljibe ciego, lleno de escombros, donde crece alta la hierba?, pues ahí está el secreto de todo», y yo la veía cómo movía los labios rezando mientras yo me iba a buscar nidos y los encontraba con gran temblor y hasta me ponía muy nervioso porque quería y no quería tocar los huevecillos o coger las crías con el pico abierto mientras revoloteaban los padres piando sobre mi cabeza; y los campesinos que vivían cerca, en el molino, nos trataron desde el primer momento como a vecinos bien recibidos, y nos preguntaban si necesitábamos algo, y nos daban, de su cosecha, manzanas y brevas que causaban envidia, qué buena gente, pero las otras fincas no tan próximas eran de familias ricas, y esos ni saludaban cuando pasaban por el camino ancho, seguramente porque no habíamos sido presentados en regla, y se hacían los locos, y mi madre siempre decía: «No envidiemos a nadie, cada cual con lo suyo, quién sabe lo que puede ser de nosotros, y de cualquiera, que yo ya he visto mucho, y he visto ricos, muy ricos, dejados por Dios en un momento dado, y comiendo la sopa del asilo, y lo mejor es no envidiar a nadie, que también a veces a un rico le toca la china y le sale un hijo tonto, que le gusta masticar piedra de los caminos, o boñigas de las bestias, y lo mejor es la paz», y era verdad, y si había problemas era más bien a la hora de estudiar las lecciones, que siempre me costaba, y menos mal que mi madre me había cambiado de profesor, que primero tuve a un seminarista enfermo del pecho, al que le gustaba meterse con mi hermana, y mi madre se dio cuenta sin que nadie le dijera nada, porque vio que había mucho parloteo entre los dos, muchas risitas, mucho venir antes de la hora o quedarse más tarde sin excusa, y entonces mi madre lo largó, avisando primero al párroco ecónomo que era quien nos lo había recomendado, y lo quería como a un hijo, pero tu madre, buena era tu madre para que se le pasara ni una, que ni una se le pasaba, y encontró después a un escolapio tartaja y escrupuloso, que me hablaba con los ojos cerrados y que echaba saliva con las declinaciones latinas, y se negó en redondo a enseñarme la fisiología y hasta eliminó el libro porque traía el cuerpo humano desnudo, y en cambio se quedaba con los ojos en blanco hablándome del firmamento y de las estrellas, pero en matemáticas nunca pudimos pasar de los quebrados ni de la regla de tres, y eso con mucho trabajo y con el libro delante, y el padre Eladio, que éste era su nombre, sudaba para resolver un problema, y por esto yo creo que le tomé ya para siempre una manía atroz a las matemáticas, y hasta a la geometría, pero me sabía muy bien la historia sagrada, Caín y Abel, la historia de José y sus hermanos, Abraham con el cuchillo en alto, David y Goliat, y hasta pintaba muy bien, y con colores, todas estas escenas, pero también en aquella historia sagrada faltaban cosas, y me di cuenta más tarde que el padre Eladio había arrancado las hojas que hablaban de las mujeres bíblicas, y estudiábamos una Biblia sin mujeres, y el padre Eladio se rascaba como un condenado, hasta por el cuello, y se explotaba los granos y le sangraban, y algunas veces me castigaba con palmetadas y no sólo me daba en las manos, sino en las piernas y en los muslos, y como me daba sin mirar, porque nunca me miraba, me daba a lo mejor en malos sitios y se daba cuenta y entonces ponía los ojos en blanco y rezaba, y en realidad estaba como una regadera, a mí me llamaba *Josephus Aloisius,* qué bonito, pero casi nunca le salía de golpe, porque las eses de *Aloisius* parecía que se le quedaban pegadas a los labios, y no arrancaba, y volvía a empezar, y también algunas veces yo le ayudaba a misa, con bastante espanto, porque él se trabucaba en las palabras de

178

la consagración y las repetía, sílaba por sílaba, y no sé cuántas veces tenía que hacerlo hasta que le salían completas, y daba patadas en el suelo de nervios y de impaciencia, y yo sufría también hasta que completaba las palabras, y él lo que quería era prepararme para el seminario, y era lo que quería toda la familia, pero yo me atrevía alguna vez a pronunciar la palabra *bachiller,* porque podía hacer las dos cosas, le decía yo, pero él hacía un guiño de asco como si se hubiera tragado una mosca, y cuando aparecía mi hermana, todo lo contrario que el otro, el padre Eladio se iba corriendo y sin mirarla, quizás porque a mi hermana, aunque no iba muy corta, porque mi madre no lo hubiera consentido, se le veían las piernorras de adolescente en plenitud y el busto se le perfilaba ya escueto y breve, pero lo peor fue un día en que estábamos dando clase en mi casa del pueblo y pasó por la calle una patulea de músicos, seguidos de chiquillos y algunos hombres, que iban anunciando la corrida de feria en la que iba a aparecer «la mujer torera del pueblo», y el padre Eladio se puso como un energúmeno y salió corriendo a la puerta y gritó con todas sus fuerzas: «Viva san José de Calasanz», pero en seguida debió de pensar que aquel grito no era muy apropiado para contraponerlo a «la mujer torera» y volvió a gritar: «Viva España católica», y lo repitió varias veces y parecía mentira que de aquel cuerpo tan esmirriado saliera aquel vozarrón, y a mi madre le dio la risa, y el padre Eladio se enfadó y echó a correr hacia el colegio, y todavía por la calle iba calándose el sombrero hasta las cejas, subiéndose el manteo y gesticulando y mascullando no sé qué cosas contra «la mujer torera» y contra la banda de música que siguió, ajena al padre Eladio, parándose y tirando cohetes en cada esquina; al día siguiente el padre llegó igual que siempre, como un autómata, pero nada más sentarse me dijo: «Recuerda esto siempre: las puertas del infierno no prevalecerán contra ella. Y ella es la Iglesia, no lo olvides», y yo pensé que qué lástima que no estuviera allí tío Cayetano, con su autoridad en latín, para rematar, como siempre: «*non paevalebunt*», pero me callé, porque yo era un principiante y no debía hacer alardes, y sin más nos metimos en la aburrida, insistente, machacona tabla de los participios latinos, y sin otro horizonte que los gerundios, y las oraciones de relativo, y luego venía la clase práctica de castellano y el padre Eladio recitaba y descarrilaba y no se le entendía ni palabra, porque quería correr para no atascarse, y lo decía todo a trompicones, que lo mismo juntaba diez palabras y luego se detenía en una como en un apeadero, y ya no arrancaba de allí, y yo notaba que si se trataba de un poema de Gabriel y Galán, que le gustaba mucho, siempre se encasquillaba en la misma palabra, y si era un sermón del padre Coloma, cuanto más énfasis quería poner en la cumbre del período, allí era donde se atascaba como un carro en un pedregal, y entonces en vez de salirle palabras le empezaban a salir sonidos raros y confusos, a veces parecían palabrotas, lo cual le hacía entrar en una especie de gargarismo escrupuloso y empezaba a escupir, se mordía los carrillos por dentro, y los labios, y por fin, en un momento de sinceridad, acababa diciéndome: «Espero que algún día lo hagas mejor que yo»; pero tengo que reconocer que era tenaz, inmutable y terco en repetir y repetir, y con él aprendí cosas que ya nunca se me olvidarán, pero casi siempre su clase era agotadora por el nerviosismo, y yo acababa desinflado, y él, seguramente para compensarme, me regalaba estampas de san José de Calasanz, siempre rodeado de niños desamparados, y me regaló también un librito con la historia del santo, que era como un viudo padre de muchos hijos, y cuando ya venía a darme clases en la casita del campo, paseábamos un poco por el terreno y hasta me dejaba subirme al algarrobo, pero él siempre con las manos tendidas hacia mí, como si me amparara, pero no se atrevía jamás a tocarme, y alguna vez que, sin querer, me rozaba una mano o la cabeza, en seguida se retiraba a rezar, y me decía: «Espérame aquí, que ahora vuelvo», y yo veía que agarraba el rosario, muy nervioso, y una vez, no quiero ni acordarme, me dio un caramelo que llevaba en el bolsillo de la sotana, pero estaba blandusco y pegajoso, y lo tomé con asco, porque empecé a imaginarme el bolsillo del padre, oliendo a orines y hasta quizás a semen, semen del padre Eladio, y entonces se me revolvieron las tripas de tal manera que el vientre se me abrió como un botijo roto, y el padre Eladio que se dio cuenta de lo que pasaba, iba de un lado para otro pero no se atrevía a decirme nada, mientras yo apretaba las piernas sintiendo una humedad que me resbalaba hacia abajo, y sin tiempo de ir a lugares, y él se puso a hacer pantomimas para hacerme reír, pero era peor, que yo me liquidaba en dulce y candida cagalera, y él, entonces, en vez de ponerse la mano en la nariz se la puso en el corazón y salió corriendo dejándome hecho un río, maldito caramelo, y mientras yo buscaba un rincón sin encontrarlo y sin atreverme a quitarme los pantalones que se habían convertido en verdaderas canaleras, de olor agrio como de leche y orines antiguos mezclados con caldo de rana o de lagarto (lagarto, lagarto), y el río es río mientras es río, pero puede llegar a la mar, y antes de que fuera mar apareció otra vez el padre Eladio con su palidez descarnada en la que se señalaban venas y manchas sonrosadas cambiables, como si su piel fuera un lienzo en el que se estuvieran ensayando manchas de colores, y los ojos como piedras hundidas en un fango blanquecino, pero tampoco era eso lo que se imponía en la figura del padre Eladio, sino sus manos grandes, ganchudas, enarboladas en aquel instante como aspas rotas de un molino viejo y sobre todo aquella joroba ladeada, que se iba hacia un lado o al otro, no se sabía cómo, pero no era una joroba normal, y daba idea de huesos crujientes, y así se me vino encima, oh, Dios de las inocencias, con un delantal de la cocina y una especie de sopera donde seguramente servían a los reverendos padres la sopa del cocido, y me la puso delante y se volvió de cara a la pared tan ladeado que parecía que se iba a caer, y en el cuello le sobresalía un grano como un fresón que no le había visto antes seguramente por aquel modo de andar encorvado, rectilíneo y virando en redondo, y yo desde el rincón, con los pantalones fuera me estaba poniendo como un mierdero mientras el padre Eladio de cara a la pared repetía: «Pureza, pureza...», y ¿qué pureza podría haber con aquel caramelo que olía a semen y a sudor, un olor y una sensación de asco que me duró varios días?, y a mí nunca me había pasado nada parecido, porque yo más bien tenía que hacer mucha fuerza para hacer mis necesidades y ahora la necesidad era un dique roto, como cuando queríamos detener la rambla con piedras y tierra, imposible, y yo parecía un fantasma, y el padre Eladio dijo: «Espera, espera un poco», y me trajo en seguida los pantalones de un interno, o de un fraile, no sé, porque era un día en que dábamos la clase en el colegio, pero eran de alguien más gordo que yo, y tuve que sujetármelos con una cinta de balduque, y eran además unos pantalones de cuadros, qué horror, cómo iba a ir por la calle, y qué dirían en casa, con aquellos pantalones de payaso, y en un periódico envolví mis propios pantalones, pero yo estaba avergonzado y tenía miedo de ir oliendo por la calle, y hasta los perros echarían a correr y los gatos se meterían por las gateras, pero lo que yo necesitaba era aire, mucho aire, ese viento fuerte heculano que arrastra a los burros callejeros y detiene a los campesinos en las esquinas, algo que fuera capaz de barrer toda mi ruta, de apartar de mí aquel olor de partes sudadas que me había convertido en un guiñapo de bascas y escurribanda, que tenía que ir por la calle agarrándome las tripas y hecho un ovillo, y cuando llegué a casa mi madre me dio un lebrillo lleno de agua y un taco de jabón, y cuando pude meterme en la cama tenía una tiritona tremenda y tuvieron que llamar al médico.

Menos mal que llegaron las vacaciones y a la casita de campo trasladamos en un carro colchones y ropas, y algunas tinajas para conservar alimentos en la despensa que habíamos enladrillado en la parte más húmeda de la casita, y poco a poco la cosa iba pitando aunque los albañiles, según decía mi madre, eran bastante gandules y se pasaban los ratos charlando, y entre la petaca y el botijo y el vasito de vino se les pasaban las horas, y por eso mi madre me ponía a mí ante ellos, pero para mí era un feo papel eso de vigilarles, y de vez en cuando ellos comenzaban a hablar de ciertas cosas y de este modo me echaban y luego se reían, y a pesar de todo eran buenos, pero a su manera, y hacían bien las cosas pero cuando querían, y a mi madre le tenían miedo y cuando aparecía ella se ponían como muchachos de la doctrina, y siempre canturreando, mientras trabajaban, y metiéndose unos con otros, y venga ladrillo y amasada, y el palustre y la plomada, y cortar los ladrillos poquito a poco, pero hasta yo iba hecho un albañil porque les traía sacos y llevaba capazos de runa al montón de escombros, «se está ganando el jornal», decían burlones, y se cambiaban de ropa en trío sin importarles un pito, porque las pelotas de yeso decían que les caían sobre las otras pelotas, y a mí me rumoreaban: «No le digas a tu madre que somos de la Casa del Pueblo», «Ella lo sabe», contestaba yo: «Sí, hijo, tu madre es una beata con la que se puede trabajar, ojalá todas fueran como ella», pero luego, cuando cobraban, mi madre me ponía a su lado y me hacía sumar y hacer números, y ellos decían: «Sabe de cuentas el zagal; se ha librado del pico y la pala», y de vez en cuando mi madre les ponía una botella de vino con unas olivicas al terminar la semana, y entonces se ponían sentimentales y hasta cantaban y siempre se iban por el camino y se volvían al final de la recta, antes de tomar la carretera, y decían adiós con la mano y mi madre se quedaba contenta porque al irse le repetían una y otra vez: «Ahora, por el agua; aquí puede haber agua; nos alegraríamos de que saliera agua», y: «Son buenos», decía mi madre mirando la tierra con una fijeza insomne, que parecía querer atravesar con sus ojos de presagio la piel de la tierra, porque ella cuando se quedaba sola, yo la veía coger un puñado de tierra, en uno y otro lado, estrujarla en la mano y olerla y luego la lanzaba al aire, pero estaba visto que el agua era su obsesión, como era la pesadilla del pueblo, qué abismo de bendición podría haber debajo del abismo de Hécula, una planicie de cal y ceniza, de cal y polvo como el de los huesos del cementerio.

Un día, no me había levantado todavía, y ya se había presentado en casa, como caído de una nube, un hombrecico vestido de pana, con botas, muy colorado y con una berruga en la nariz, tipo de ojos maliciosos y alegres, que decía las cosas como cantando; «¿Quién es, quién es?», le preguntaba yo a mi madre y ella, de una vez por todas, me dijo: «Andresico, el de las aguas», y aquel hombrecillo se sentó en una silla, miró el pueblo, aspiró, y comentó: «Te metes allí y es la boca de un horno», y mi madre le sirvió una copa de mistela y un platito de pastas, y le dijo: «Anda, Andresico, a ver si te luces», pero él seguía mirando la calígine que reverberaba sobre el dilatado caserío, humillo como el de un gran puchero, luego se levantó muy calmoso y moviendo la cabeza hacia abajo llegó, por una y otra parte, hasta los linderos de la huerta dando pataditas en el suelo, luego sacó su varita mágica y yo, que me acerqué, sufrí la reprimenda al instante: «Muchacho, no te metas en medio como los jueves», y Andresico se ponía colorado, colorado, a punto de reventar, muy concentrado y dando vueltas con aquellos aparejos, el bastoncito y un hilo colgante con un hueso o piedra en la punta, y él lo movía y luego lo dejaba en suspenso para que oscilara, y yo estaba embobado viéndole hacer, y le pregunté qué era aquello y él me dijo que era un pendulín, inventado por él, pero entonces se acercó mi madre y tirando de mí, me susurró al oído: «No lo distraigas, que esto es muy importante», «Pero si yo no estorbo», repliqué, pero mi madre insistía: «No le hables, déjale que piense, no le estorbes, que él está en lo suyo», y a mí aquel hombre parrancano, que hacía unos silbos al respirar y unos meneos de cuello y que tenía bracitos cortos, como de niño grande, no me convencía y cuantas más vueltas daba por el terreno más me parecía a mí que nunca se enteraría de si teníamos agua bajo los pies, aunque bien miradas las cosas y tocada la tierra, bien tocada, allí no parecía posible que hubiera agua; pero el viejo Andresico vivía de aquello, y lo mejor era crear ilusiones en la gente, con un cigarro arrugado en los labios y aquellas manos gordezuelas sosteniendo aquella especie de yo-yo ridículo, de vez en cuando se paraba pensativo, como mosqueado, dando pasitos de un lado para otro, se rascaba la cabezota y decía: «Si este terrenito tuviera por lo menos una hectárea más por este lado...», pero el día avanzaba y Andresico daba más vueltas que un burrillo de noria y mi madre susurraba por lo bajo: «No hay agua, no hay agua...», «Sería demasiado que hubiera agua», comentaba despectiva mi hermana, hasta que el viejo se hartó, o pareció que se hartaba, y dijo muy solemne: «Por hoy, basta; pero otro día me daré otra vuelta por aquí»; ¿otro día?, me preguntaba yo desconsolado, porque estaba claro que si no había agua hoy no podía haberla otro día; él era seguramente un chalado y mi madre estaba muy ciega para no verlo, y el que sueña en rosquillas se da coscorrones, como ella misma nos decía de pequeños, y no todo iba a ser como la lotería del ciego de los periódicos, y antes de irse Andresico se tomó otro trago y otras pastitas, y lo que ya me dejó helado fue cuando, al dirigirse al camino con sus cachivaches, se volvió y dijo como una despedida: «Quién sabe si no beberé muy pronto de esa agua, que debe de estar allí», y señaló detrás de la casita, en la parte más reseca y arcillosa, una tierra que se presentaba a rodales amarilla y a rodales cenicienta, pero que era un puro pedregal, una tierra igual a la de los bancales y las viñas próximas, una tierra que verdaderamente era como el rostro de un muerto, como una piel fría y estirada, sin vida, apenas salpicada de pequeños matujos de un verde seco, y todo así hasta los pilares blancos, un montón de piedras pintadas de cal que indicaban que tu tierra había terminado, después estaba la acequia seca que nos separaba del vecino y unos palos blancos clavados que indicaban que para pasar de allí había que contar ya con otras personas que apenas conocíamos, o sea, que estábamos un poco como metidos en un cesto, y, ¿cómo iba a salir agua en aquel pedazo de tierra donde agonizaban lentamente unas viñas más bien silvestres y unos matorrales achaparrados, y donde el pozo más cercano, ya se veía, estaba a casi tres kilómetros, por lo menos?; y con toda seguridad, el pozo cegado que había en el terreno, hacia el otro lado, era la huella más clara de otros intentos frustrados por encontrar agua; pero tu madre tenía fe en Andresico, y aunque lo había visto irse, como desalentado, rascándose el cuello con aquel gesto suyo que yo creía que era de inseguridad, ella repetía: «Volverá, volverá», y qué equivocada estaba y a la vez qué segura, qué cierta en su augurio y en su esperanza, que cada vez que lo pienso me convenzo de que hubo algo raro en todo aquello del agua, la confianza de mi madre, que salió cierta cuando nadie lo creía; pero vayamos por partes, que los días pasaron y pasaron sin que Andresico apareciera, y las chicharras cantaban aquel verano enfebrecidas, y enloquecía la alondra y los carros pasaban con sus toldos blancos por los caminos lejanos, levantando remolinos de polvo, y cada carro que pasaba era una espoleta para mi imaginación, y no digamos para la de mi hermana, que llegamos a pensar en huir, llegándonos al camino y parando un carro de aquellos, pero todo era un puro sueño, porque nunca seríamos capaces de dejar a mi madre sola, y la realidad se imponía, y mi hermana me tomaba diariamente las lecciones que me había puesto el padre Eladio, mientras la olla gemía sobre los lengüetazos de la lumbre y el vaho que se escapaba hacía que mis tripas se removieran como piezas de un reloj antiguo que de repente comienza a desvariar las horas.

Y un miércoles, lo recuerdo muy bien, porque era día de mercado, mi madre nos mandó al pueblo, y principalmente para preguntar por Andresico, pero en su casa no nos dejaron verlo, dijeron que no andaba bien y que estaba en la cama, y que ya le darían el recado, y yo no creía ni que estuviera en la cama, porque me pareció que todos se miraban de una manera muy rara, y así se lo dije a mi madre, pero ella insistió, sin hacer mucho caso, en que Andresico era un polvorilla, que no paraba en un sitio, y que él volvería, que lo que pasaba era que Andresico, que ella lo conocía muy bien, no quería nunca fracasar, y que por eso era muy prudente en sus palabras y quería siempre pisar sobre seguro, pero que a ella no le había dado la impresión de que Andresico se había ido pensando que aquella tierra fuese baldía como un vientre arrancado y seco, y efectivamente, otra tarde mi madre nos dijo que se iba al pueblo a ver a Andresico, y cuando volvió nos dijo que Andresico estaba en la cama, más mal que bien, pero que se curaría, porque otras veces había estado peor, y por supuesto que no se había olvidado del asunto del agua de nuestro terreno y le había dicho: «Tan pronto me levante, lo primero que hago es darme una vueltecita por "El Algarrobo"», y con esto nuestra madre tan contenta; pasaron dos o tres semanas, y cuando más ajenos estábamos, y los albañiles acababan de poner unas celosías en el patio, para los conejos y las gallinas, apareció el aguador que nos traía el gran tonel y dijo, como si tal cosa, que aquella misma mañana había muerto Andresico, y ojalá no lo hubiera dicho, que mi madre comenzó a llorar desconsolada, y no sólo por el pozo tan soñado, sino porque Andresico le caía bien y le tenía verdadero afecto, pero los albañiles, que lo tomaban todo a broma, comenzaron a entonar un gorigori y a decirse chanzas macabras unos a otros: «En seguida te toca a ti», «Antes te tocará a ti», y venga a reír, y yo pensaba que qué hubiera dicho tío Cirilo si los hubiera oído, pero ello sirvió para distraer a mi madre, porque en seguida empezaron a hablar de muertos, de otros muertos, de todos los muertos vecinos y conocidos, porque en Hécula se habla mucho de los muertos, y las muertes son las noticias más fruentes: «Ha muerto el tío Blas», «¿Sabes quién se ha ahorcado?», «Se está muriendo Paco el de las mulas, ya le han llevado la extremaunción», y seguía el recuento de los años, tantos me llevaba, tantos le llevo, era más o menos de tu quinta, no somos nadie, y lo peor era cuando se hablaba de la muerte de los niños, aunque los niños muertos no tenían nombre siquiera, se decía «el mayor de los zagales», o «el más pequeño», o «el de en medio», o «uno de los niños de fulano», y no interesaba más, no habían llegado a tener mote y en el pueblo, mientras no tienes mote no tienes verdadera identidad, y realmente lo que más refocilaba a todos era la muerte de los ricos, porque entonces se sacaban cuentas de lo que se sabía que dejaba, de lo que no se sabía si dejaba, que el testamento lo diría, y estos testamentos, aunque se leyeran en secreto, eran seguidos por todo el pueblo con gran ansiedad, y luego cuántos curas habían ido al entierro, y cuántos pobres del Asilo, y cuántas misas había dejado; y en cambio, de los que vivían en los barrios pobres, en las altas y escondidas cuevas del Castillo, de ésos no se hablaba, no interesaba si vivían o morían, era como si no existieran, pero sobre todo era como si no murieran, quizás porque era como si no vivieran, y a lo mejor tampoco estaban en la lista del Padre Eterno, pero mi madre al terminar el rosario, siempre rezaba un padrenuestro por los muertos de la familia, y otro por los muertos que no eran de la familia, fueran ricos o pobres, pero lo más escandaloso ya era cuando moría alguno que ordenaba ser enterrado en el cementerio civil, que éstos llegaban a causar tanta sensación como los ricos, pero sucedía de tarde en tarde; y aquel día, como era de esperar, allá se fue mi madre al pueblo, a la casa de Andresico, como si se tratara de un pariente, y estuvo todo el día fuera, y cuando volvió, por la noche, venía indignada, porque Andresico, decía ella, podía haberse salvado, pero en su familia eran todos unos abandonados, y había muerto solo prácticamente, sin que el médico le viera si no fue para certificar la defunción, pero al mismo tiempo mi madre venía con una gran alegría en el pecho, porque ella había pedido ver los papeles de Andresico, y le dejaron ver una carpetita vieja que había tenido todo el tiempo en la mesilla de noche, y allí había aparecido un papel con el dibujo del terreno de «El Algarrobo», con la casita y todo, y hasta señalados la higuera y el algarrobo, y también el pozo ciego, pero lo sorprendente era que detrás del patio, por donde estaban los montones de la leña y los manojos de cañas, y las tejas rotas, ahí mismo había una flecha pintada y la palabra «aquí», pero ¿aquí, qué?, que Andresico, que había nacido en las tierras yermas y calcinadas de la Hécula más sedienta, soñaba probablemente torrentes de agua subterránea, y había convertido este sueño en oficio, y se había construido su propia varita de zahorí, su pendulillo ridículo, igual que había soñado seguramente toda la vida en casarse, decía mi madre, pero se le había pasado el tiempo sin darse cuenta y nunca se había casado, y por eso había muerto como había muerto, y había vivido como había vivido, lavándose él mismo la ropa, y cosiéndola, y haciéndose la comida, y nunca había sido hombre de pandillas ni de juergas, sino un solitario como un fraile, y a veces chistoso, pero sólo para disimular, porque en general decían que vivía concentrado en las corrientes subterráneas, que era como si él viera a través del suelo, y conociera todo el venero líquido que pudiera haber debajo de la tierra heculana, y todo el mundo le llamaba para consultar dónde se había de abrir el pozo, y ahora que había muerto Andresín, ¿quién había de descubrir el agua salvadora?, ¿quién había de decir que aquí hay agua y aquí no la hay?, y por eso la muerte de Andresín era realmente una desgracia, y yo lo comprendería más tarde, cuando pasó todo lo que pasó, que para mi madre aquel papel cuadriculado, arrugado y hasta sucio de grasa, pero con el nombre de nuestro terreno claramente escrito arriba: «El Algarrobo de Clara», pasó a ser un papel casi sagrado, y no sabía dónde esconderlo, como si fuera el plano de un tesoro, y al fin lo metió en el pecho, entre la camisa y la carne, y ya mi madre también había prometido mandarle decir una misa de a duro a Andresico, que bien se lo merecía, aunque no saliera ni una gota de agua, y yo me fui corriendo a donde señalaba la flecha sobre el terreno y allí saqué la lengua como un perro sediento, pero a mí no me parecía que allí debajo iba a haber agua, y hasta me pareció que aquél era el único sitio donde Andresico ni había mirado siquiera ni había hecho oscilar su pendulillo, y a ver lo que querría decir la flecha aquella, a lo mejor era el sitio señalado para poner el retrete del que le habíamos hablado, pero nosotros lo que necesitábamos era agua, agua para algo más que para lavarnos la cara y el culo, necesitábamos una balsa con un caño más gordo que el brazo de un hombre, un caño cayendo día y noche, como otros lo tenían, y mi madre al acostarse aquel día nos dijo: «De esto, nada a nadie, ni a los albañiles», y miraba una y otra vez el papel, pero ni a ti te lo dejaba ver, ni lo soltaba de su mano, y nos dijo: «Lo tenía entre sus recibos del agua, la luz y la contribución; era un portento de hombre», y mi madre, como si estuviera en el duelo, empezó a llorar otra vez, y repetía: «Y habrá agua, habrá agua»,

como si tuviera más confianza en Andresico muerto
que en Andresico vivo, y en seguida supimos que,
encomendándose seguramente al ánima de Andresico, se iba a lanzar, sin dar un cuarto al pregonero,
a barrenar un pozo lo más hondo que hiciera falta,
y en seguida nos vimos metidos de lleno en una
perforación en toda regla, y yo me asombro todavía
hoy de la fe con que mi madre mandó hacer aquel
pozo, porque, como digo, ella estaba volcada, y el
papel de Andresico entraba y salía de su pecho, y
quién se lo hubiera dicho al pobre Andresico, ya
hombre muerto, quién sabe si de un cólico *miserere*
o de tifus, o de una insolación por andar siempre
por el campo, husmeando el agua, que a lo mejor
todo había empezado con un mal aire después de
una *sudaera,* que la gente se muere de cualquier
tontería o descuido, y a veces, quién sabe, porque la
muerte también se equivoca, mientras unos arruinan
la familia y siguen dando la tabarra, otros se van
sin remedio, mala distribución en esto de las muertes, como en todo, aunque después de muertos, a
todos por igual, la cebada al rabo, y todos calvos to-
tales, pero no había que olvidarse de la obsesión,
no sólo de las palabras, también de los pensamientos
y los deseos, y cada mirada al bancal y al pedregal
era un suspiro desde la planta de los pies a la coro-
nilla, el sueño permanente de un salto milagroso de
agua, agua en caño altivo, agua derramándose por
la tierra embebedora, agua con ruido y gozo de agua
loca, agua enrabietada como la cola encrespada de
los gatos, agua rezumante y suplicante como la lengua de los perros, agua de lenguaje entrañable den-

tro del cántaro o cayendo del pozal sobre la boca del botijo, el agua cuyo susurro yo me conocía tan bien de mis días de centinela en la fuentecilla de don Jerónimo.

La gran tremolina, como diría mi hermana, se armó aquella mañana en que, sin que nosotros supiéramos más que lo que nos había dicho nuestra madre, y es que iban a llegar otros albañiles, lo que llegó fueron tubos y barras de hierro en forma de pincho, naturalmente para hacer el «agujero» en la tierra, y por si acaso, en una caja misteriosa venían cartuchos para barrenos, por si eran necesarios, menuda impaciencia nos entró a todos, la sola presencia de aquella caja era excitante, aunque por otra parte yo no veía mucha seguridad ni entusiasmo en los obreros que habían llegado también y que más bien parecían tomarlo todo a risa, y a mí aquella ironía de los poceros ante el hoyo acabó por sembrarme la desconfianza, pero qué equivocados habíamos de estar, que mi madre sola se bastaba para mantener la moral, y decía a cada momento: «Andresico, que en paz descanse, no puede fallar», y mi hermana remataba: «Nos vamos a ahogar todos del chapotón», y todos impacientes, porque los obreros tardaban más en el aperreo y acarreo de los materiales que luego en abrir el hoyo, pero conforme empezaron a profundizar, la tierra empezó a salir colorada y húmeda, como tocada alguna vez por la generosidad del agua, y la cara de los poceros ya iba cambiando de color y de gesto, que si no había agua, decían, alguna vez la había habido, o por lo menos andaba cerca, y decía el caporal: «Nos hemos equivocado, acaso por unos metros, pero aquí hay frescura...», y tú no querías ni que descansaran para comer, que tú tampoco te acordabas ni de comer siquiera, pero tu madre, más serena que nadie, era la que imponía a todos el descanso para el refrigerio, y a ti te llevaba a la mesa diciendo: «Si todavía no han hecho más que empezar», «¿Pues cuántos metros se van a meter?», preguntaba yo, «Lo menos cinco o seis», «Pero eso es mucho», «Es lo menos que decía Andresico», y de nuevo la sombra de aquel hombre pequeño, gordito, vestido de pana y con enormes botas estaba presente al hablar del agua, y era como si él mismo fuera a aparecer de un momento a otro para dar órdenes, o para celebrar la llegada del agua, o quién sabe si no saldría en medio del borbotón como un auténtico mago, aunque a lo mejor lo único que iba a salir era un hilillo ridículo como el que echan los ahogados por la boca, que qué misterio este del agua, ¿por qué unos la habían de tener y otros no?, que así era el capricho del agua, unos sí y otros no, en unos lugares agua a mantas y en otros nada, y acaso mirando desde lo alto del cerro deberían notarse algo como manchas u otras señales que indicarían por dónde iba el agua subterránea, y yo pensé entonces subirme un día a la punta del Castillo para observar bien desde allí arriba, que quién sabe si Andresico no lo había aprendido todo desde allí, a fuerza de mirar la llanura, aparte de la ciencia que pudiera haber en aquel pendulillo inventado por él, y cada día el montón de tierra que salía del «agujero» era más grande, y los hombres ya bajaban atados por la cintura y montados en un trípode de madera, y con una garrucha iban subiendo los capazos de tierra, y yo mismo me daba prisa en volcarlos, pero aquello no se acababa nunca, y la voz de los hombres cuando estaban abajo, para mí que sonaba a ronquera de asilo, y escuchando mucho a veces a mí ya me parecía oír manar el agua mansamente entre las piedras y la tierra, pero luego habían de venir los barrenos, no muchos, pero varias veces tuvimos que irnos lejos, casi hasta el camino, y primero se oía la explosión y en seguida salían volando los sacos terreros, las gavillas y los troncos, y el humo y el polvo duraban un largo rato, y los obreros desde lejos se reían, comían y bebían, y más tarde funcionaron unas perforadoras trepidantes que recibían la fuerza de un extraño carromato, con un ruido que nos hacía a todos hablar a gritos, como si estuviéramos locos, y la gente se quedaba parada en los caminos, y los que estaban segando alfalfa o recogiendo patatas se quedaban largo rato mirando, sin trabajar, pero lo bueno era que, a medida que ahondaban, la tierra salía más esponjada, incluso un tanto pastosa y rezumante como en las proximidades de las grandes charcas, y a todo esto el jefe de los poceros, que se llamaba Ramón, lo recuerdo muy bien, de vez en cuando gritaba: «Clara, esto va bien, creo que estamos cerca de la bañera», y mi madre replicaba: «Si sale, habrá una garrafa de vino de misa para todos», y que había agua era ya evidente, que a los cinco metros o así aquello era un barrizal, pero Ramón quería dar de lleno con la vena, el manantial, como él decía, que tenía que estar cerca, muy cerca, acaso unos metros más allá, y de pronto dieron con una especie de losa, y de nuevo comenzaron los picos y hubo que volver a los barrenos, aunque desde arriba no veíamos nada, y a mí me habían querido bajar dos o tres veces, pero yo, tengo que confesarlo, tenía un miedo atroz sólo de pensar en bajar allí abajo, y me ponía a dar puntapiés para que me dejaran en paz, que nunca me gustaron, ni ahora, los espacios bajo tierra, que me dan angustia, y ellos se reían de mí y ya sé que pensaban que era un cobarde miedica, pero a mí no me importaba, y recuerdo que mi hermana venía en mi defensa, porque ella estaba contra el pozo y contra todo lo que se relacionara con la excavación, ella la mayor parte del día se fugaba hacia la vereda del camino, y unas veces le daba por esconderse de los trabajadores y no querer que la vieran, otras veces se ponía a cantar, se pintaba y se iba por el camino con una sombrilla de colores, y cualquiera que la viera creería que estaba loca, pero yo sabía que su locura era la más espontánea y natural de la juventud, de la soledad y el encierro a que estaba sometida, y toda su manía era ir al pueblo y abrir la puerta de la casa sólo para ver si habían echado alguna carta por debajo de la puerta, se moría por recibir cartas, pobre hermana, tenía los deseos de cualquier prisionero, recibir cartas, y hasta las cartas de la familia que llegaban de Pinilla, de tío Cayetano, le hacían ilusión, pero lo que ella quería era recibir una carta de Valencia, y también de Murcia, porque un amigo le había escrito desde Murcia, y ella se había puesto radiante y ese día no le importó fregar los platos y hacer todo lo que mi madre le mandaba, sin rechistar, lo que es la felicidad, que nos hace seres distintos, y es que los dos llevábamos allí una vida falsa, porque tú también te sentías prisionero, y todo el interés por el pozo era una manera de salir de ti mismo, donde tenías el pozo más negro, el de la soledad, el de la incomunicación, y a mi hermana lo que le gustaba era discutir con gente que se preocupara por la política y por el arte, y aquí no tenía con quién hablar, y parecía que nos odiaba a todos, y se encerraba en su cuarto a leer libros, y hasta comiendo quería tener revistas y libros encima de la mesa, pero mi madre no la dejaba, y ella envidiaba a mis hermanos, que estaban en la capital, que el campo no estaba hecho para ella, y estaba deseando, y hasta creo que rezaba, aunque ella no era muy rezadora, para que no saliera nunca agua, pero quién sabe, quizás mi madre una vez más iba a tener razón, y quién puede saber dónde está la razón, y si lo que hacemos es acertado o es disparatado, y qué diferencia hay, que tal como han venido las cosas para todos nosotros, yo no sabría decir si todo estuvo bien hecho o habría que haber actuado de otro modo, y me pregunto también quién tiene la libertad de actuar, que yo nunca la he tenido, y ahora mismo que cualquiera puede creer que soy libre, que ni siquiera familia que me ate, yo siento que nunca hago lo que querría hacer, sino lo que me marcan las circunstancias, o los demás, ataduras invisibles de las que uno no puede liberarse, que uno tampoco sabe

199

por dónde te oprimen, que sería lo primero para cortar por lo sano, y tampoco sabrías qué hacer con la libertad absoluta, que sólo de pensarlo te dan repeluznos, mejor es así, dejarse llevar, pero mi hermana, la pobre, nunca se dejó llevar por nada ni por nadie, que ella quería dirigir su vida y, mira, tuvo tan mala suerte que no quiero ni recordarlo, y quién sabe si no le hubiera ido mejor si hubiera sido más dócil y hubiera seguido el camino establecido, trillado, que le marcaba tu madre, pero si lo piensas, también es una vileza hacer lo que te mandan, o lo que hacen todos porque lo hacen todos, es una degradación, y mi hermana era una rebelde nata, y qué si se ha quemado en plena juventud, haciendo lo que quiso, amando locamente a quien ella había elegido, contra toda la familia y contra toda prudencia, a la mierda la prudencia, y yo envidio a mi hermana, porque tuvo la valentía que yo nunca tuve ni tendré, que lo mío es ir lentamente hacia la mar como la paja sobre la corriente, pero no importa, después de todo, menos da una piedra, y eso de proponerse cosas arriesgadas en la vida da mucha fatiga, y mi pobre hermana, en aquellos días en que se abría el pozo no hacía más que preguntarse para qué queríamos nosotros una casa con un pozo, aunque nos fuera a dar melones y pepinos, y hasta perejil y hierbabuena, y qué le importaba a ella todo eso, y yo casi estaba de acuerdo con ella, pero yo no quería disgustar a nuestra madre, que estaba radiante y pensaba llevar el carro de nuestras vidas seguramente por otros derroteros. «¿Es que vamos a poner un puesto en la plaza?», preguntaba mi hermana; «Nada de eso —respondía mi madre— ya pondremos aquí a una familia que se cuide de todo», «No contéis conmigo», acababa mi hermana y se encerraba en su cuarto; pero mi madre tenía bastante con ir alejando de buenas maneras a todos los vecinos que querían ver el pozo de cerca, pero ella siempre les decía que más adelante, que todos lo podrían ver, pero cuando estuviera terminado, que hasta ahora no había ni gota de agua, que todavía no se había encargado el tubo ni el motor, que no había que tentar a Dios, que todos lo verían y hasta lo celebraríamos con todos si de veras aparecía agua, ojalá, y esto tenía a mi madre tan feliz y tan ilusionada que si algo yo alguna vez le pudiera reprochar a mi madre sería el no haber visto ni sospechado siquiera lo que estaba pasando dentro de tu hermana, en los años más bonitos de la vida, cuando era como una flor de las que crecían espontáneamente al borde del camino, con la belleza silvestre de aquellas flores, pero era una muchacha, no una flor, y se consumía y almacenaba despecho y hasta odio, y entretanto detrás de la casita venga a meter ruido, la gran barrena, los picos y los martillazos, todo el día *pon, pon, pon,* y los capazos para arriba y para abajo, y de vez en cuando los viejos calderos ya sacaban greda chorreante, a veces parecía mierda, con perdón, y olía a cieno de miles de años, y los obreros se quejaban de que para aquel trabajo hacía falta ropa de buzo que no tenían, o casi ropa de mierderos, una impensada contrariedad, y días que acababan casi como habían comenzado, que el agua se anunciaba pero no acababa de brotar, chirriar, que parecía inútil de la taladradora, y mi madre cada nuevo día una señal de la cruz a espaldas de los trabajadores, y promesas a san Roque, y misas a san Cayetano, pero yo también me aburría y me escapaba sigilosamente, con la culpa en la pulpa de los dedos y en el aguijón del sexo, buscando una sombra entre las viñas o bajo las ramas culpables de la higuera, un escondite para contemplar simplemente cómo crecía la leve maraña del vello viril, y la potencia irretardable de mi cuerpo, y los ojos, y el oído, y el tacto, en complicidad embriagadora, y el por qué y el para qué insoportables de la lamentación, y de nuevo el frenesí de la soledad chocando contra las olas del breve, enloquecedor y convicto pesar, placer y tristeza en la misma copa vegetal, y el recuerdo de Santi, mi única experiencia, y su olor y el color de sus muslos, y cómo se quebraba la voluntad como una frágil caña, y contenerse y reprimirse, aguantar, pensar en otra cosa, los pájaros, los nidos, las lagartijas, desafiar a las avispas tercas y solitarias y a las abejas en rueda, mear sobre el escarabajo, mear sobre el agujero del topo, mear sobre la imposible nube y el monte lejano, y alguna vez mear por el camino haciendo eses, y de repente mear hacia arriba, hacia el cielo, única imposible protesta.

Todas las cosas de la naturaleza probablemente se producen despacio y en un proceso lento, pero hay casos y cosas que van por saltos y se producen de repente, y así fue aquello de nuestro pozo, oh maravilla de las maravillas, que cuando más desalentados estábamos todos, hasta los obreros, por la cara cansada y severa de mi madre, precisamente al horadar un día lateralmente con la barrena corta y gorda sobre un peñasco del fondo por el que parecía que se filtraba humedad, y en esto Ramón era un experto, brotó de golpe, raudamente, incontenible y gozoso, el chorro, hasta el punto de que el obrero que estaba abajo comenzó a dar vivas frenéticos y a pedir los ganchos y la cuerda para subir, y mi madre, en vez de decir «agua, agua», como todos, lo que decía era «Andresico, Andresico tenía razón, Dios mío, él tenía razón», y el chorro salía con fuerza, y el pozo se iba llenando, y mi hermana, con la misma ironía, seguía diciendo: «Si sigue subiendo, nos ahogamos», y los poceros saltaban en corro, qué inundación de alegría con aquel surtidor que iba embalsando el pozo, y que se terminaría saliendo, si seguía así, dijo el jefe, y que había que poner un tapón, y yo dije que un pozo nunca se sale, por la teoría de los vasos comunicantes, pero él dijo que sí, que había pozos que se habían salido, y que seguramente había que taponarlo hasta que se hiciera el pozal y se trajera el motor, y no un motorcito cualquiera, porque aquello tiraba para arriba fuertemente, y «qué suerte, doña Clara, enhorabuena, doña Clara, esto parece un cañón de agua, y sale fría como una espada, y limpia como una virgen, y vaya chasco que se van a llevar todos los vecinos, que aquí esto, dentro de dos años, doña Clara, esto es un jardín y no hay quien lo conozca», y tu madre tiraba de Rosa para que arreglara un convite improvisado, aceitunas, caballa, queso, molla, y que lavara bien los vasos para sacar del sitio fresco del fondo de la escalera la garrafa que estaba preparada para la gran ocasión, aquello que parecía una aventura loca y que había resultado «un pedo de agua fresca», como decía Ramón, y añadía que «hay expresiones, hija, que no hay que tomarlas en cuenta», y por lo que decían aquellos hombres el venero era de los importantes, y allí no ya calabazas y toda clase de hortalizas, sino hasta rosales y lirios y hortensias, y esto chiflaba a nuestra madre, y aquella noche, que había luna, el tono cadavérico y espectral de aquellas tierras colindantes y de todo lo que abarcábamos ya nos parecía haber cambiado y las veíamos umbrosas y deleitosas, sólo mi hermana permanecía ceñuda y nos preguntaba: «¿Es que nos vamos a convertir en huertanos para vender en la plaza?», y mi madre le decía que pensara en otras cosas, por ejemplo, en una buena balsa limpia y honda donde bañarse y tomar después el sol, que si el cuerpo está limpio, el alma también lo estará, solía repetir tu madre, con un insólito sentido moderno de la vida, del que no participaba por cierto toda la familia ni mucho menos; y aquella noche mientras los albañiles bebían y cantaban, tu madre, por lo bajo, les decía que no fueran haciendo de pregoneros sobre aquella salida de agua, porque conforme había venido se podía ir, y yo miraba abstraído los tejares vecinos, la yesería, los arrabales gitanos del pueblo, las fábricas de alcohol, con sus chimeneas, y todo ahora me parecía distinto, y el fuego y el humo lejanos tenían color de fiesta y eran algo divertido en un pueblo lúgubre por la naturaleza, pero capaz de una alegría pagana, y los poceros ya se estaban lavando por gracia con el agua que manaba y se quitaban los pegotes de barro y de yeso del pelo y de las cejas, y era refrescante aquel jolgorio, «Doña Clara, esto es mejor que dos premios de lotería», «Este terreno ya vale el doble, doña Clara», y «Todo en la vida es cuestión de suerte, doña Clara», y a ti te gustaba que a tu madre la llamaran doña Clara, porque de verdad era clara, clara como el agua que brotaba del pozo nuevo, todo el mundo, al menos los que queremos, tienen el nombre que se merecen, y clara con la claridad del nombre tenía tu madre el alma, y lo había demostrado contigo, llevándote poco a poco al reino de la luz cuando tantas tinieblas turbias te envolvían de pequeño, mientras tu tacaña abuela Generosa tenía el nombre equivocado, y tu esperpéntica tía Matilde, y tus tíos Cayetano y Cirilo eran sólo sombras de la oscura noche mezcladas con ternuras de santos de madera pintados de carmín, y yo creo recordar que aquella noche del agua inundando los bancales fue la noche de más gozo de tu vida, porque parecía que el agua todo lo lavaba, todo lo alegraba y hasta estaba dejando las manos de los albañiles tan blancas como las de los santos de los altares, y quizás todo lo del purgatorio y el infierno era falta de agua, y la truculencia de tu pueblo era falta de agua, agua a raudales, a diluvios, a torrenteras ruidosas era lo que hacía falta, pero el agua es un elemento caprichoso, una demencia versátil, un destino incierto pero evidente, un misterio loco, porque, en resumidas cuentas, a veinte metros

205

más allá estaba el pozo cegado y antiguo, lleno de piedras, y el agua había querido girar por otros vericuetos interiores, caprichosamente, como si el signo mágico del profeta Andresico, un profeta para andar por casa, pero profeta a fin de cuentas, hubiera atraído el agua con su flecha pintada, ay, Andresico, que estuviste a punto de llevarte el secreto al otro mundo, la gran sorpresa, la gran alegría que hacía llorar a tu madre de gratitud y de emoción, y el agua, ahora, a la luz de la luna, era como una doncella que trataba de liberarse de viejos monstruos, quién sabe... «Al pozo habría que darle un nombre —dije yo—, el nombre de Andresico», y tu madre dijo que no había más que hablar, que Andresico se llamaría, y yo lo recordaba con sus venillas rojas en la nariz, donde tenía una casporra redonda, y acaso ahora, bajo tierra o entre ladrillos, convertida su berruga en cueva de gusanillos, oh, bienaventurado Andresico, manos gordezuelas, que sostenían el pendulillo vacilante, barriguita que saltaba cuando te reías, dientecillos de ratón, ojos traviesos de pajarito parlero, orejas de niño demasiado grande, pasitos cortos y movimientos inesperados, como de pez en la pecera, o como si voces misteriosas te hablaran desde espacios inexistentes, quién sabe, de dónde, si no, sacabas tú, hombrecillo vestido de pana vieja, esa ciencia del agua escondida, «habrá agua, habrá agua», y todos se reían, hasta que el agua brotaba y entonces eras tú el que se reía, y ahora mismo estarías riéndote en tu tumba, y decían que Andresico había dejado en su arca un saco de tela franciscana para su mortaja, y en ella lo liaron y lo enterraron así, envuelto simplemente en aquella tela burda, como él había mandado, y dicen que Cosme el pescatero había dicho, al verlo, que parecía un cigarro de la Tabacalera de dos reales.

Y aquella agua viva, tan esperada, que brotó finalmente incontenible, espejeante, inundadora, hacia el bancal y los frutales, parecía pedir el pilón y la balsa, el verdor y la paz familiar, pero qué distinto había de ser todo, agua inocente, eso sí, agua loca y bullidora que se escapaba por todas partes, juguetona y reidora, y que parecía que debería haber traído la felicidad a una familia y, sin embargo, qué diferentes habían de transcurrir las cosas, y no era culpa del agua, que no era aquélla, desde luego, agua mansa y cenagosa, de esas aguas que se encharcan y esconden entre la maleza, o que se enlodan dormidas sobre el pastizal; no era esa agua lenta y lamedora que forma cama de cienos en el fondo de los recuévanos; era, al revés, agua gozosa y cantarina, agua soñada y presentida para el abrazo con la tierra sedienta, que había de convertir «El Algarrobo» en rumorosa tierra de acequias y verdores, y de qué nos valió a todos, que así había de ser seguramente para demostrar que un sueño puede realizarse sin dejar de ser sueño, y casi pesadilla, por no decir desencanto, que no quiero ni pensar lo poco que habíamos de disfrutar de aquella delicia incipiente, y sobre todo tu madre, ella, que había sido el alma de todo, como si su gran ilusión, su fe y su tesón en la búsqueda de lo imposible hubieran hecho el milagro, porque aquello fue un milagro, y lo fue principalmente por su perfil irreal, y también por la inutilidad de su encanto, porque yo me pregunto si alguna vez hemos creído que era verdad aquella agua, aun viéndola correr, que si pensamos en todo lo que sucedería después, acabaremos reconociendo, con moral heculana, que la ley de vida es la mala pasada, la jugarreta del destino y el gesto obsceno en el aire enmudecido, y acaso todo estaba prenunciado en aquellas lágrimas furtivas de tu madre, que si eran lágrimas de alegría, decían todos, nadie podría explicarme por qué la misma segregación sirve para expresar la alegría y el dolor, y para mí la estampa de los cántaros panzudos y rezumantes, la fiesta de la llegada del agua, y todo aquel jolgorio, no sabría decir ahora mismo si fue realmente soñado o verdadero, y sí puedo decir que ha quedado en mi mente como algo irrisorio después de la expectación, porque posiblemente nada iguala a la esperanza mientras permanece en el terreno de la ilusión y de lo soñado, y lo que sabría decir es que en el momento mismo en que el agua empezó a correr por los insaciables calveros de «El Algarrobo» ya se hizo escandalosa y casi insultante, y mientras decían: «Ahora sólo falta el motor, un buen motor», era como si en los ojos de todos se mostrara un sombrajo de codicia y hasta de envidia, y al cruzar las calles del pueblo supimos por las miradas retraídas lo que era la sed, que nos miraban como si por el hecho de haber encontrado agua fuéramos culpables, o éramos nosotros quienes nos sentíamos culpables, y acaso era el recuerdo de don Jerónimo lo que nos hacía más culpables, y hacía más culpables las miradas, y no bastaba con ofrecernos y ofrecer el agua, que «el agua es de todos», que no podíamos evitar sentirnos avergonzados, y no nos atrevíamos a hablar con nadie de plantar álamos, o manzanos o cipreses, porque nos parecía que no teníamos derecho a hacerlo, porque Hécula seguía siendo un cuerpo sediento en medio del páramo y nadie se atrevía a acercar la esponja mojada en vinagre, y si Hécula con el tiempo se ha redimido un poco ha sido por el agua, el agua que Andresico perseguía bajo el suelo heculano, pero aquella Hécula de la sed ha quedado para siempre en el alma de tu paisaje y en el paisaje de tu alma, y tu alma sigue teniendo sed, una extraña e interminable sed.